睡好的福分

王蒙 郭兮恒 著

长江出版传媒　长江文艺出版社

北京长江新世纪文化传媒有限公司
Changjiang New Century Culture and Media Ltd.Beijing
出品

目 录
CONTENTS

纸上锵锵梦中眠（兼序）/ 窦文涛	1
前　言 / 王　蒙	11
睡觉和睡觉的感觉是两回事	001
失眠小史与睡眠环境的重要性	007
"失眠"疑似伪概念	014
40 年不睡觉的人	024
DNA 决定睡眠时长	029
可以放心补充褪黑素吗？	038
达·芬奇睡眠法与生物节律	047
睡眠剥夺与周末效应	059
最合适的睡眠时长	063
睡眠对人体免疫功能影响巨大	068

嗜睡也是病	073
先睡心，后睡眼	076
焦虑是影响睡眠的第一情感因素	082
睡觉可以自救	088
睡眠，向农村看齐	092
思睡也是睡	097
随遇而安，说睡就睡	102
优秀者大都少眠，少眠者未必优秀	110
睡眠质量与年龄有关系	117
春困秋乏夏打盹的原因	124
心平气和是快速入睡的秘籍	128
考前睡眠是个坎儿	133
暗示疗法治失眠	142
驾照应设睡眠评估	150

睡觉需要钝感力	156
要想睡得好，手机靠边倒	161
夫妻关系好，睡眠质量高	166
"压力"不可滥用	169
"梦游"也是伪概念	179
张口呼吸和睡眠呼吸暂停	187
真正的健康三要素	194
助眠药，0与1的辩证	199
睡眠是人类的福气	218
睡眠学的建立与研究刍议	221
快速入眠小妙招	223
后　记 / 王　蒙	226
修订版后记 / 王　蒙	231

纸上锵锵梦中眠（兼序）

窦文涛

收到王蒙老师（简称蒙老）命作此序的任务，是在我一夜三醒惊梦连连但也仍属一次酣睡后的将苏未醒之际，当时正满足于总算睡了个好觉，表扬自己昨夜服下一片安眠药之决策英明果断。前两夜的失眠补回来了吧，细索颅内，还有一丝儿脑仁儿疼，好像又不疼了，那一丝儿是前两天一直脑仁儿疼的回忆？痛与痛的回忆有时分不清楚，唉，失眠不堪回首耳鸣中。我是主观性耳鸣，医生的讲解暗示我属于某型人格，易发幻听，我不大信，失眠也是太敏感了？

蒙老与郭兮恒医生闲话睡眠的这本书我看过，没看俩钟头就睡着了，对别的书这是不幸的，但聊睡觉的书真把人看睡着了，著名作家王蒙很高兴，认为显然是见效了，奔走相告。为此我们在《圆桌派》又聊了一集睡觉，很多观众反映这节目确实催眠，不少粉丝到现在都是听着《锵锵三人行》《圆桌派》入睡的，听说了之后，我也是，高兴得又失眠了。

我争取少说"失眠"这个词，因为蒙老不爱听，或者说他不肯承认，发表过两千多万字的蒙老相信语言的力量足以翻云覆雨，足以指鹿为马。他认为至少对相当一部分人来说，世上本来没有失眠，因为有了"失眠"这个词，他们才失眠了。照蒙老的话讲：您一顿饭没吃好，也没见您说不能吃饭了；噢，一宿觉没睡好，您就"失眠"啦？！言语间颇有把"失眠""厌食"等坏词清除之势。消灭一个词，就能消灭一种病，这个有待证实，但对我这个有疑病症的人来说，他的话好使，他的乐观能感染我，正如我的悲观能暗示我。

烦恼自寻是本能，脑子里有个雷达，时刻在扫描还有什么不开心，此即为找不开心。说起自由自在，我们爱说你看大自然中的动物多么无忧无虑，但我观察动物可能也是假装悠闲，你怎么知道它们不比我们更焦虑呢？兔子除了吃、睡、求偶之外，醒着的时间您说都在干啥？我觉得是在警惕，随时扫描环境中任何一点风吹草动，哪怕是误判的危险也得撒丫子先跑啊，不然活不到现在，虚惊一场总好过兔子尾巴长不了。这是亿万年劫后余生的神经防御机制，人类自然也有，所谓焦虑、不安全感，就是总在虚惊，草木皆兵。

庄子如果不是装孙子的话，"天地与我并生，而万物与我为一"确实太牛了，非我境界，但我每天居然也有一次类似的感觉，最多几秒钟，就在酣睡后的将苏未醒之际，还没睁开眼时，今日之世界揭幕的前一瞬息，"喜怒哀乐之未发"的一刹那，如天地鸿蒙混沌未分，是非内外无二无别。要是停那儿就好了，有时候真是不想醒来开始罪恶的一天，可是停不住，下一秒就全醒，一醒脑内雷达马上重启，搜寻今天有什么事要操心，昨天有什么遗留问题，目前的生活负担、潜在风险、恩怨情仇……也不是想不起开心事，总的来说我是开心的少担心的多。据说这也是遗传选择，因为古早时兔子的安全比快乐重要。虽然当今世界没别人混得好已经不是生命危险了，但基因里的预警机制仍会把周围的差评当成类似剑齿虎环伺来触发紧张，躺床上刷到的远方信息引发种种迫身的应激反应，喜怒哀乐恐酸甜苦辣咸全来了，屏幕蓝光还在干扰你的生物钟，能睡得着吗？！

我揣测，要在锵锵，王蒙老师此刻可能接茬儿说："一个时代有一个时代的问题，可一个时代也有一个时代的办法，人类不管发展到什么阶段，生活还是靠得住的，听蝲蝲蛄子叫还不种庄稼了？活人能给尿憋死？躺床上拿手机放着短视频同时呼噜打得震天响的多了去啦，世上就没有不睡觉的人！要看到更多的人是不失眠或者假失眠！他以为他失眠，实际上他睡着了他都不知道！"

最后这句话也是个典故，回目可叫"老王蒙一语点醒梦中人"。有一回我跟王蒙老师一起工作，午饭后他照例要拿一小觉，我说我根本睡不着，他说睡不着就睡不着，躺着也是休息，闭目就是养神，你就这么想：你以为你睡不着，其实你早睡着了；你以为你失眠，你是做梦梦见你在失眠呢！再进一步说，你打生下来一辈子就没醒过！你是一直梦见你醒着哪！

这番话，加上蒙老本具"解衣盘礴"的气场，再加上他长年做政治思想工作的鼓动力，令我当时有如梦方醒之感，顿觉"世事一场大梦，人生几度秋凉"，死都如大梦先觉，失眠算什么！我借禅宗六祖慧能的词儿赞蒙老：听您聊天，弟子自心常生智慧。

我在他身上学到一点辩证法，凡事可以往坏处想，也皆可以往好处想。钻牛角尖，人生的路只能越走越窄。

我是一个对自己的过失锱铢必较的人，一个不原谅自己的人，一个常在后悔的人，一个睡不着的人。我倾慕的词是"洒脱"，小时候幻想自己的形象是"落拓不羁"，一手执酒，一绺长发垂下复被风吹起，俯仰自如。而现在的我最想的是睡个好觉，谁能让我每晚八小时睡到自然醒，我就跟谁走。

我喜欢见到蒙老，喜欢开朗、开明、开通、开扬的人，甚至喜欢头脑简单的人，当然说蒙老头脑简单是滑天下之大稽，但他号称"不可救药的乐观主义"，我想起码大笑时的头脑复杂不到哪儿去，这份化繁为简的功夫就不得了。作家贾平凹老师称王蒙为"贯通人"，对我来说，睡不着就不通，请看本书中蒙老的"睡哲学"，我也同意他算通人。顺带说一句，从这书里我看到郭兮恒主任睡功更厉害，电视台录像现场，脑电波监测为证，人家当场闭眼不到三分钟睡着了，这都是有修养的人哪。

年轻时长期从凌晨睡到午后，能睡十几个小时，好怀念那些年睡过的觉。不知从何时起到现在，我的睡眠完全乱了，常常连续几晚睡不着，只得吃安眠药，药眠后第二天不影响日常生活，可一工作就觉出脑子拉不开栓。因为我的节目是聊天，聊天是无稿即兴，需要机灵的时候，明显感觉后脑锁住了。反复实践中我有了比较：录节目的前夜靠喝酒睡着或干脆不睡，第二天的临场反应均好于吃安眠药。有时自然睡到自然醒，自我感觉良好着奔赴录影棚，一开口却发现脑子睡成了糨糊，好像睡得太酣畅也犯糊涂；相反，有时连夜失眠，以必败心情生无可恋地挨上台去，现场气氛却唤醒了我，或者催眠了我，令我如有神助，发挥之精彩之超常，令我兴奋得又失眠了一夜。我这纤细的小神经啊，成功和失败都是如此难以承受！

我活得可仔细，以至于从最近一次给杂志拍照中我又总结出一教训：如果第二天要拍照，则前一晚吃安眠药优于酒眠和无眠，因为拍照不需要用脑，而后两者会造成肿眼泡和黑眼圈；于是到更近的一次杂志拍照时，我英明地吃安眠药一觉睡了六个钟头，摆拍时果然雄姿英发，可我愣忘了拍照当中还安排了一小时记者专访，坏了，这要动脑子！你看为了不让失眠影响工作，我如此鸡贼地精打细算，还是人算不如天算。平常状态好的时候，记者一个问题没问完，我三个答案都在脑子里等着呢；可吃了安眠药，往往是人家同一个问题已经重复了两遍，我的回答呢，是把人家的问题再重复第三遍。

那么，那一小时专访卡住了？错！据记者反映，我聊得如此之连贯，以至于把他后面准备问还没问的问题一气儿都答完了！看来精神状态因人因时而异，若有常而无常，我的安眠药认知也靠不住，靠自己跟失眠缠斗找规律，可能是瞎猫碰见死耗子的妄想，我准备以后假失眠找王蒙，真失眠找郭大夫吧。

以上案例现身说法有三：一、睡觉是人人本具的天赋，在我却如临大敌；二、我对睡眠的戒慎恐惧、斤斤计较，也许恰是失眠正因，举轻若重、敏感细微而又举棋不定的性格、器识、心胸，是睡眠的大敌；三、我费尽心机算计失眠这个假想敌，精疲力竭而无功，活得好累呀，"长恨此身非我有，何时忘却营营"。（苏东坡词）

苏东坡可算旷达界魁首了，但他最出名的诗词却多见悲痛不已，"十年生死两茫茫，不思量，自难忘""酒贱常愁客少，月明多被云妨。中秋谁与共孤光""惊起却回头，有恨无人省"，还有"天下第三行书"《寒食帖》："君门深九重，坟墓在万里。也拟哭途穷，死灰吹不起"，好丧的，他真的是记载中那么乐观向上的人吗？面对一生磨难，他真的那么有"钝感力"吗？他难道不呻吟不哀号不撒娇不失眠吗？我想东坡应比我们更敏感更痛，但他有诗酒有笔墨有好友，爱好多多还有东坡肉，就能排遣能转移能消化能升华。总结两个词都是王蒙老师告诉我的，一曰：戏路子宽；二曰：泪尽则喜。

万事不如杯在手，一年几见月当头？

我曾经靠酒催眠，第一天一杯红酒，第二天就两杯了，几个月就得一瓶红酒，到年底已经是一瓶威士忌喝到天亮才昏睡过去，成酗酒了。戒！

李白纵酒，以今天的知识，应该睡眠也不好，首先天天喝的话，不喝的那晚入睡困难，而且酒醒人就早醒；再者酒后睡眠缺乏修复效果，酒精是抑制快速眼动睡眠（REM）的强力物质之一。正常睡眠主要是非眼动深度睡眠和快速眼动睡眠两个阶段此伏彼起，眼球在眼皮底下左右来回滚动就叫快速眼动，那是做梦呢。酒精就可以阻止有梦睡眠脑电波的产生。

《我们为什么要睡觉？》一书中描述："这一事实悲哀且极端地在酗酒者身上体现出来……如果长时间没有有梦睡眠，就会积累下需要获得快速眼动睡眠的巨大压力。事实上，这种压力如此之大，以致给这些人带来了可怕的后果：在他们清醒的时候，梦会进行强势入侵。被压抑的快速眼动睡眠强烈爆发，侵入清醒的意识中，从而引起幻觉、妄想和严重的方向感消失。这种可怕的精神异常状态的专业术语是'震颤性谵妄'。"读完这段，我对李白那如梦的诗篇和豪情有了一种不敢说的猜测：酒中仙，醉后眠，白日梦……

　　好了，扯远了，聊起睡觉我也下笔如梦游，这就是《锵锵三人行》的"跑题跑不停"，蒙老早年以"意识流"手法写小说著称于中国当代文学史，对此应不陌生。当年我们锵锵就是有头无尾，聊哪儿算哪儿，没有结束语，不说再见，永远没说完呢片尾音乐就起，也算起于不得不起，止于不得不止，观众都好奇节目结束了他们还在聊什么。当年最老的老嘉宾王蒙老师命我再以《睡好的福分》这本书为话由，再续半篇纸上锵锵，那我先到这儿，下面就看您和郭主任俩大轴畅聊啦！愿纸短眠长，诸位好梦！

　　　　　　　　　　2025年2月27日凌晨盼睡前

前　言

王　蒙

我身边的人，包括写作的同行、共事过的党政干部以及我个人的亲友，都有各种睡眠的问题。有苦于长期睡不好觉的；有从睡不好觉开始，后来发展为躁狂症加抑郁症甚至精神病的；也有自称失眠，声称自己如何可悲可怖，但实际身体与精神都还不差的；有昼夜颠倒，写作经夜，清晨才上床的；有因为熬夜拼命，加班加点而受到表扬与擢升的；有积劳成疾、艰苦奋斗的；也有极其会睡、能睡的。请注意，我说的这些人中，最棒的是这些"睡眠成功人士"——他们不在少数，他们告诉我，只要一躺下就能睡着，只要一睡着就七八个小时后才起床，而且不管去地球的哪个角落，天黑就能睡，天亮就上班，需要加班就加班，想补觉就补觉，从不知什么叫时差，什么叫睡不着。既能连续加班少睡，也能一口气睡它十几个小时，把缺少的觉都补回来，他们更是对失眠一词儿十足反感、纳闷并且完全无法理解。这最后一种人，应该授予他们"睡神"的称号，至少也是"睡眠大师"。他们都是有名有姓、有头有脸的人物，只是我不敢轻易地点他们的名而已。与他们相比，我的睡好与好睡，也只是小巫见大巫。

我少年时代经受过睡不好觉的痛苦，此后多年，又享受着爱睡、能睡、善睡的红利——享受着睡眠给我带来的平安健康与头脑清晰、生活和谐与节奏轻松以及可以让我精力集中地去工作。

睡眠是本能，也是一个生理学、医学、中医学、养生学共同关注的领域，同时睡眠也是一种心理现象。不仅是一种精神强度的表现，是一种精神面貌，还是精神能力与精神修养、精神功能好坏的试金石。睡眠多少也体现了价值观、世界观、人生观这"三观"。睡眠是决定生活质量、生命状况的一个重要因素。睡眠还是个人、社会群体的治与乱、盛与衰、强与弱、有道与无道的标志之一。

聊聊睡觉的事，是我酝酿了30年的一个话题，这次能与睡眠医学专家郭兮恒主任一起求教切磋，实是幸事，获益匪浅。出版家金丽红等友人，也都提出了各有特色与趣味的知识与见解，编辑维维下了大功夫，在保持随机与原生的谈话状态下，将闲谈记录整理编辑成文。睡好觉，谈好睡觉，编好书，帮助读者睡眠好、精神好、身体好，乐莫大焉，功在其中矣！

睡觉和睡觉的感觉是两回事

郭兮恒

王蒙老师您好，咱们是头回见面。您这精气神儿可真不像八九十岁的人，一看就是睡眠充足、心态好。

王　蒙

郭主任您好！我知道您是咱们中国睡眠医学领域的专家，是朝阳医院的睡眠中心主任，是睡觉的引领者与校正者，我觉得咱们一起来聊聊睡眠这个话题会非常有意思。我呢，是一个少年失眠、后来喜睡善睡嘚瑟睡的人，有很多关于睡眠的个人经验，对睡眠所涉及的心理学啊、社会学啊、文学啊这些角度——现在时兴叫"维度"啦，也都有些自己的小见解，虽然不知道对不对，不过说出来也算个趣谈。您呢，就从科学的角度帮我分析一下。

郭兮恒

太好了王蒙老师，我作为呼吸睡眠科的临床医生，接触了很多有关睡眠问题的临床案例，我也可以结合生动的案例和您分享一下目前对人类睡眠前沿问题的科学探讨。虽然我说的都是大白话，听起来跟故事似的，但在科学的严谨性这一点上我是能打包票的。

王　蒙

那我就先给您讲一个我的故事。许多年前有一次我一大早起来，就跟老伴嘀咕："茉莉花茶太厉害了，喝多了，我这一晚上都没睡着，一分钟都没睡着。"谁知道我老伴说："您一分钟都没睡着？您可别逗了，您还打呼噜呢！"

"我打呼噜了？不可能，就算我打呼噜了，也是没睡着。顶多就是哼哼两声。"

她问我:"您就不承认吧。那您回答我,我昨天晚上起了几次夜?我夜里都干什么去了?"

她一下子就把我唬住了,因为我真的一点印象都没有啊,我就老实交代:"夜里我什么都没听见啊。"

她说:"告诉您吧,我昨天起了两次,咱们家的窗户那儿总是传来奇怪的声音。"

呦,这可把我吓坏了,我就问她:"怎么回事啊?家里来小偷了?"

她说:"不是,是睡觉之前窗户没关严,我去关了窗户才回来接着睡的,回来以后您还呼噜着呢。"

这就让我特别费解,难不成真有贼,从窗户进来跑到我床前,把我的睡眠给偷走了吗?当然了,我相信我老伴说的都是真实的,她也不会为了安慰我而撒谎,因为我没有失眠症,我是自嘲烧包,过量饮茶导致伤神。所以我就觉得像我这种睡眠不稳定而又认为自己失眠的情况肯定在很多人身上都有。这让我感到困惑。郭主任,您觉得发生这种现象的原因是什么呢?

郭兮恒

哈哈,王蒙老师,您别着急,您这个问题是因为人的心理分好多层次。比如在这个层次上,您因故因事,或者因身体不适,就会觉得一直不舒服,所以认为自己一夜没睡。可另外还有很多其他的层次,您已经看不见也听不见周围发生的一切了,而且您的脉搏可能比平常缓慢,其实您确实已经睡着了,但是您仍然没感觉到,认为自己没睡着。

在临床当中我们经常跟病人纠结这个事,病人说:"郭大夫,我没睡着,我一晚上都没睡着。"我就问他爱人,真的是这样吗?他爱人说:"他晚上睡着了,我看他睡着了,他还打呼噜了,他经常这样不承认自己睡着。"这个病人对睡觉的感受就存在主观上的误判,在睡眠的问题上,主观的判断和实际的状况本身误差就比较大。

其实"睡觉"跟"睡觉的感觉"是两回事儿,有的人就容易对睡觉的感觉出现错误的判断。这个误判，我认为非常容易理解，为什么呢？比如说现在我要等一个人来跟我一起讨论，可是这个人10分钟没来，半个小时没来，两个小时还没来。我等得比较着急，感觉等他的时间简直太漫长了，甚至每一分每一秒我都感到难熬。但是当你睡觉的时候，眼睛一闭一睁就到第二天早晨了。虽然经过了好几个小时，但这过程就很快，你感觉不到经历了这么长时间。在临床当中恰恰是有些所谓失眠的病人，总认为自己睡得不够，睡得不多，甚至认为自己没有睡，其实很多都是错觉。他们的实际睡眠时间比他们的感受要长得多。

  我们曾做过一个研究，就是晚上给失眠的病人做睡眠脑电图监测。第二天再与患者主观感受作对比，我就问其中一位患者："昨晚你睡没睡着觉？"他说："我昨天晚上根本没睡着啊。"我告诉他："根据我们精密仪器的监测，你睡了三小时。"他不相信。我就把昨晚记录他睡觉的脑电波图形和分析结果拿给他看。他这才相信他确实睡过几个小时。

所以对于睡眠来说，睡着的时间和对睡着的感受是两个概念。刚刚王蒙老师您讲的就是对睡眠的感受，这样的感受经常误导我们医生对患者睡眠时间以及状态的判断。有的人总是觉得自己整晚都没睡着，也经常会因此感到焦虑。他就会想：我昨晚一夜都没睡，今天怎么工作啊？怎么学习啊？把这种对睡眠的错误感受转变成一种焦虑的情绪。

失眠小史与睡眠环境的重要性

王 蒙

我过早地体会到失眠的滋味,现在我又特别善睡。关于睡眠的两个面,我自己一人就全占了。

1948年,我十四岁,考上了河北高中,就是现在的地安门中学。在这以前,我都是在家里住的,进了河北高中后才开始住宿舍。其实学校离我家倒是不远,完全可以回家住,但是我当时不是刚刚加入了中国共产党嘛,并且成了"地下党"。我既然是党员,就得做群众工作,鼓动大伙反对当时的国民党反动派啊!所以为了伟大的事业我就住校了。当时一个宿舍住12个人,都是小伙子,这晚上睡觉可热闹了——一会儿这个开始磨牙,一会儿那个开始说梦话,还有打呼噜的、放屁的……第一天住宿舍我真的是一宿没睡。第二天、第三天也是一样,就这么过了几天,脸色变得十分难看。

后来有一天上课,老师见我脸色不好,就问我:"王蒙,你是不是得肺结核了?"您可知道在当时那个年代,一听"肺结核"这三个字就够让人闻风丧胆的了。我就特别害怕,跑去医院检查。我知道自己肯定不是肺结核啊,于是挂了精神科,跟大夫说我失眠。大夫一看我这么年轻,直接跟我说:"你才多大啊你就失眠?!去去去,别在这儿瞎耽误工夫,去好好查查该查的。"这么着,我就被这大夫善意地"轰"出来了。

打那时候起,我就特重视睡眠。我觉得睡眠对一个人的工作、体力、成长、发育,到精神面貌、智力发挥,再到三观建设与充实强化,影响真是太大了。我最重要的养生经验可以说是:以睡为纲,身心健康;以睡为大,睡不着也不怕。我自己分析我这短暂的失眠史,其实就是因为在集体宿舍不舒服。

我得坦白,我当时虽然已经是党员了,非常光荣、自豪,可我还是个小孩,在家住久了,突然住宿舍,身边没有老娘,姐姐也不在,我不舒服啊。当时我不好意思承认是因为想家想得睡不着觉,虽然地下党员没带手榴弹之类的武器吧,但承认了因为想家而失眠,那还怎么做群众工作啊?那不得让群众笑话嘛。

郭兮恒

那您后来是怎么在宿舍里睡着觉的呢?

王　蒙

后来每天都过集体生活,我也参加工作了,跟以前不一样,我已经是大人了,住宿舍习惯了,睡眠就好多了。

您看我精神这么好,跟我始终睡眠好有关系,我年轻的时候身体非常不好,我们当时的区委书记都指着我说:"这孩子活不长。"当时看我身体状况,那区委书记估计我都活不过三十岁。因为——我在这儿说您也不会怀疑我借机自吹吧——我就是太聪明了。他说:"这么聪明的孩子活到三十多也就到头了。"可是我听着都要被吓死了。三十就死了,您别价呀,这忒冤了,来这人世一趟三十就走了?所以打那以后我对睡眠、对健康,没有不在意的地方。

郭兮恒

王老您这就是典型的因为睡眠环境改变导致睡眠出现问题的情况。12个人睡在一个房间,干扰因素太多了,那就看谁扛得住谁扛不住。按您当时那个状态来说就是医学上讲的"睡眠障碍"。

我经常跟我的病人说,我在地上铺张报纸都能睡着觉。我在学生时代坐火车、走长途的时候没地儿待怎么办?就弄张报纸铺在火车车厢那个过道的地方,躺着睡一觉。所以环境对年轻人一般影响不太大。

但是王蒙老师讲的经历说明:第一,还是有相当一部分人,对睡眠环境要求是比较高的,需要一个相对好的环境才能睡觉,而且是能够获得高质量的睡眠。第二,对于睡不好觉的人来说,对环境的要求就更高了。第三,如果把睡眠环境的话题延伸开来,老年人对睡眠环境的要求就更加苛刻了。

王　蒙

是这样的,要尽量改善睡眠环境,与此同时,一定要告诉自己,不要挑剔睡眠的环境,因为你总会有特殊的情况,比如出差啊、装修房子啊,等等。所以如果你挑剔太厉害了,也是自个儿害自个儿,你不能允许自己说"今天环境不好,我没法睡",这种语言必须革除。就是靠着墙、靠着旮旯儿,让你睡一会儿,你也得想办法睡一会儿,是不是?"老革命"告诉我,战争年代的急行军里,战士们走路都能睡着,等到首长一叫停,后排的人一个个都撞到前排的人。

郭兮恒

没错,就像如今困倦的人,站在地铁里拉着扶手都能睡着。

王　蒙

我感受太深了，因为我得过"缠腰龙"，就是带状疱疹。太痛苦了，我没法躺下睡觉，一躺下就疼得不得了，我就在躺椅上半斜倚着，这样可以歪一点，因为有睡眠之功，我在躺椅上也能呼呼地睡一觉。

所以到现在我还有一个习惯，就是中午我不上床睡觉——如果穿着外套睡觉，把床都弄脏了，脱衣睡又太麻烦，中午睡大发了也不是好事，所以我就在椅子上斜靠着睡。

当然还有一种是很适合人们睡觉的、能晃悠的那种竹藤椅子，我在那种椅子上也能睡着。睡午觉的时候有这么一把椅子非常方便，也不用脱衣、穿衣，尤其冬天脱衣穿衣多麻烦啊！啰里啰唆的！所以一个人既要选择好的环境、好的枕头，享受睡眠，又要随遇而安。

中国的传统文化，特别强调人的心理平衡。可鲁迅为什么批评中国的老书呢？他说外国的书是激励你的，而中国的书，它让你静下来，让你别闹。我们现在从睡眠的角度来说呢，静下来是必要的，但是您不能一天24个小时在那儿静着，不然您肯定有问题。所以我们就要改善自己的心理状态，改善自己的精神状态。我觉得这个对大家来说好处极大，而且是无价之宝。

"失眠"疑似伪概念

王 蒙

郭主任,我觉得您说的"睡眠障碍"这个概念很有意思。现代、后现代的文化论说中,有一种比较时髦的说法,说语言的发达与异化,会使语言反过来控制生活,乃至歪曲现实,或者说由于语言的概念,造成了人生的歪曲、痛苦与麻烦。少年时期失眠这件事对我来说最大的收获是:千万不要轻易说自己失眠。光是"失眠"一词儿就活活害死人。我甚至认为"失眠"这两个字,这个词儿,给人们造成的痛苦比睡眠机制失调本身还要多。

"失眠"一词，神经兮兮，嘀嘀咕咕，迷迷糊糊，是个毒素超标的词。在过去，常常是小资产阶级知识分子和有闲阶级以及吃饱了没事干的人才懂这个词儿，工人与贫下中农绝对没有人谈什么失眠，他们关于睡眠的痛苦是既没有足够的时间也没有适宜的环境去睡觉。说实在的，披星戴月、辛劳终日的人，哪有失眠的？

医生也千万别轻易对病人说"你有失眠症"，这就害死人了。很多说法都比失眠这个词儿好，尤其您用到"睡眠障碍"这种专业用语。有的人只是睡眠障碍，干吗非要自己说成失眠呢？就像吃饭也会有吃饭障碍一样，可能我咬着舌头了，又或者之前吃得太饱了，到了吃饭的时候我就不想再吃了，这不都算吃饭障碍嘛！可这并不是"失食""失饮""厌食"啊。顺便说一下，我对"厌食"一词也有极大的怀疑，这也是个害人的酸词儿。要是能去掉"失眠"这个词儿，您可以承认您睡眠出现了障碍，最多费点吹灰之力，克服一下，这个障碍也就跨过去了，这听上去多舒心。

郭兮恒 没错，虽然失眠症归属睡眠疾病中的一种，在临床上，泛指的失眠也可能是一种表现，专业的睡眠医生应该把失眠现象与睡眠障碍区分开来，这才更有利于帮助病人理解失眠困扰，解决睡眠问题。

王　蒙 关于失眠这个词，我有这么个小故事得跟您说说：我之前的秘书是个年轻人，他的睡眠有时也会出现问题，但是他有他自己的新式应对武器。他根本不承认自己失眠，他认为失眠本身就是一个伪概念——失眠在一定程度上也是睡眠的一种形式。他说尽管这个想法有点牵强，但是它有心理治疗的作用。当他睡不着的时候，他就暗示自己：这其实就是在睡觉时自己梦见自己睡不着了。

我觉得他这种想法太棒了。人家庄子早就提出这个问题了——梦见自己化为蝴蝶，翩翩飞舞，醒了以后庄子问自己：究竟是庄生梦见自己成了蝴蝶了呢，还是蝴蝶梦见自己成了庄生呢？一时睡不着觉也是同样的道理呀。就好比你急着做梦吃肉包，但是没吃到，那么这是入梦不成功才吃不上肉包呢，还是你已经入梦，但是没吃到肉包？你小资兮兮地以为自己失起什么眠来了，其实，两个方面的因素都有，问题是梦里您知道您有肉包，但是您何必那么急、那么慌着去吃呢？

我现在也有睡不好的时候，但是我睡不好的时候，在那儿歇着，您问我想什么呢？对不起，我什么都没想。因为这时候想的东西就根本没进入我深层思考的范畴。睡觉的本质是休息，一时睡不着，但躺着、眯着，都是休息。已睡、未睡、正在睡、刚睡、半睡……这些状态是互相流动、互相畅通的，你中有我，我中有你。如果一定要说失眠，那么一定是失中有睡有梦，梦中有睡有失。我不仅没有进入深层的睡眠，我的胡思乱想也没有进入我深层的思考。所以我认为，人的失眠状态往往是一种半睡眠状态。

郭兮恒 王蒙老师这是在战略上藐视"敌人"的做法，值得点赞！

王 蒙 我觉得这是一种比较正常、比较健康的态度。我现在越来越感觉到睡眠的能力也是一种精神能力。你碰到一些或者是烦心的事儿，或者是过于激动的事儿，或者是焦虑的事儿，你才睡不着觉。睡不着觉和敏感有关系，和焦虑有关系，和没有把握有关系，和自艾自怨或者后悔有关系。很多写作的人睡觉并不好，因为他敏感，敏感也是好事。但是反过来说，这也是某种精神上的脆弱。

我现在的睡眠和年轻时候不一样，没准儿是因为岁数大了，脑供血和脑供氧不足了。比如我看书看上半个多小时就犯困；写作写上 20 分钟，往那儿一靠就能打盹儿 10 分钟。

有时候睡得多点，有时候睡得少点，这个很正常，不可能绝对一致。我只要是这天睡得不好，告诉自己第二天要睡足就可以了。睡眠是一种生理现象，失眠是一种病理现象，这种观点确实是存在的。"失眠"是一个动名词——动词当名词用，不被这个词所威胁就会好得多。

所以，我觉得睡眠的能力是一种健康的能力，是一种自我调整的能力，是一种能让自己放心的能力，也是一种信任别人的表现。反过来说，失眠是一种脆弱，否认失眠是一种坚强，是一种精神力量。

我相信，所谓失眠症患者中有一大半睡得不好的人，是自己夸大"军情"，是精神脆弱、娇嫩、自我撒娇的结果。他们所谓的失眠，不一定靠得住。甚至于，我认为我们应该向失眠这个不科学、不准确、不全面、不好听的词儿宣战。不承认什么失眠不失眠，只承认有时睡得好些深些，有时睡得差些浅些，如此而已。

就咱们刚才的这些讨论啊，我想出了一首小诗：

失眠一说坑死人，睡得不实又有甚？

打着呼噜睁着眼,照样睡梦昏沉沉。
翻身一夜能好睡,梦话一车笑得勤。
还有梦游去外地,锁上家门再开门。
睡成啥样随它去,睡法睡道花样新。
愁家愁业愁收入,只有愁觉最无伦。
开车睡觉应罚款,躺而不睡也养神。
强气强体强睡觉,睡有天助自开心!

我的意思是,我们都追求深睡眠,但也不妨试试浅睡眠,半睡不睡歇歇腰腿,也是靠拢睡眠的调节休憩,也是保养,反正死活不给自己戴失眠的帽子。

郭兮恒

好诗!"躺而不睡也养神",这种心态对有睡眠障碍的人来说是非常关键的。

为什么有的人容易发生睡眠障碍,有的人不容易发生睡眠障碍?这跟心理是否强大有关系,也跟心理暗示有很大关系。当你的心理形成一个不良的暗示时就容易造成睡眠障碍。

王 蒙

我从另一方面来分析,因为我有这种经验,就是有时候其他的疾病影响着我的睡眠。虽然我现在挺能睡,挺会睡的,真不算是吹,但是并不等于我每天睡得都是同样的程度。

有天晚上睡觉,我就来回地翻身,反复地起夜,比如平常我夜里起一两次,而那天就起了六七次,基本上一个小时我就要起来一次。第二天就开始发烧了,结果是怎么回事?其实就是呼吸道感染。可是呼吸道感染发作以前呢,我身上躁得慌,又咳嗽又打喷嚏,一会儿觉得热,一会儿又觉得凉;一会儿加一床薄被,一会儿又把薄被踢了。闹腾了一宿,第二天不出所料地感冒了,一感冒马上就能大睡,睡到什么程度呢?因为头天夜里没睡好,第二天我从晚上十点就睡,睡到凌晨两三点,这才踏实过来,基本上病也好了觉也补回来了。所以睡眠和你总体的健康状况也有密切的关系。

郭兮恒

王蒙老师说的是非常重要的问题。失眠是什么？失眠在睡眠疾病分类中是一种疾病，叫"失眠症"，失眠也指一种症状。刚才王蒙老师讲的情况，睡不着觉是因为身体不舒服导致的，在这个时候它就是一种症状，是一种伴随症状，也就是继发性失眠。比如说有人有呼吸系统疾病，他就会因为呼吸困难而睡不好觉，那就不能定义为失眠，只能说是有原发性呼吸疾病，同时由于呼吸疾病造成睡眠不好；还有的人患有甲状腺功能亢进症，多数甲亢患者都睡不好觉。所以有些甲亢患者会心慌气短，变得性情烦躁，大冬天开窗户，不能穿得太多，身体燥热当然睡不好觉。怎么办？可能有人就说吃安眠药吧。其实这样解决问题就更麻烦了，因为这样并没有解决影响睡眠的根本问题。如果我们把甲亢控制住了，睡眠自然就会改善了。类似情况还会发生在心脏病患者的身上，心脏病本身造成的痛苦以及对心脏病的恐惧都会严重影响患者的睡眠。其实我觉得在临床当中不要一睡不好觉，就认为是失眠症，不要误认为只要是睡不好觉,就得靠吃药解决睡眠问题。需要特别注意的是,有一些中老年人容易出现各种身体不舒服的现象,这些问题反映出来的结果就可能影响睡眠。所以要注意查找病因,弄清楚是原发性的失眠症,还是继发性的睡不着。

王 蒙 您的这个说法对我大有启发,所谓的失眠,有时候并不是一种多么顽固难医的疾病,而是另外某种疾病的一种表现。就是您说的没睡好觉,与头疼脑热、头晕、口臭等一样,都只是"症状",任何带来疼痛、折磨、痛苦的疾病,都是对睡眠的扰乱,都可能会破坏睡眠。

40 年不睡觉的人

郭兮恒

早些年,我参与录制中央电视台的一个科学节目,是说河南省有一个妇人,她 40 年来从不睡觉。我当时听了就很诧异,因为正常人超过一周不睡觉就会有生命危险,更何况是 40 年呢!节目组当时把她带到我的诊室,我对她进行了一些初步的询问后得知,她自诩已经 40 年没睡过觉了,而且她的爱人和邻居们都可以做证。于是在得到当事人同意的前提下,我们决定给她"治病"。我们在一个独立的睡眠监测房间内,通过科学仪器对她进行全方位的睡眠和行为监测。监测的第一个 24 小时，也许是她刻意地不睡觉，我们通过连续观察发现她的脑电图真的没有呈现睡眠脑电波。等观察到了第二天和第三天，我发现，她开始出现睡眠的脑电波。这样的脑电波虽然持续的时间不长，但是频繁地出现。后来，我把她陆陆续续出现的关于睡眠的信息累加起来，按照观察时间再进行统计计算，最后得出这样一个结论：她平均每天的睡眠时长达到 6—7 个小时。也就是说，她不是不睡觉，而是和我们常人睡觉的方式不一样。我们常人的睡眠具有节律性和连续性，而她把这个连续的过程分散成了很多片段，并且她自己也没有意识到她发生过睡眠。观察结果证实这种碎片式的睡眠，就是她的睡眠方式。这就不难理解为什么在所有人眼里，她是不睡觉的人。

王 蒙

还有这样睡觉的人？真是头回听说。我感觉，在睡眠方面人类还是比不过海豚。海豚的睡眠是"单半球睡眠"——只让自己大脑的一半进入休息状态,而另一半保持清醒。每隔约两小时,海豚就会交换一次休息和工作的大脑半球。海豚是属于睡眠效率高的动物,最能睡的动物应该是猫,在我熟悉的宠物里没有比猫睡得多的。据说猫一天有 16 个小时都在睡觉。没事儿它就睡,也不影响它的灵活反应,对它捉老鼠也没有不良影响。

郭兮恒

动物的睡眠形式是与物种的生活方式有密切关系的。根据生存需要,各种动物的睡眠时机、睡眠时长和睡眠姿势都是不相同的。比如马、大象、牛和鹿可以站着睡;树懒和某些蝙蝠是头朝下挂着睡;很多食肉动物都蜷缩着身子睡。有的动物在晚上睡,有的在白天睡,也有白天晚上都睡觉的。树懒的睡眠时间为 20 小时,蝙蝠是 19 小时;猫、猪和小家鼠要 13 小时;人类的睡眠需要 7—8 小时;牛和豚鼠 7 小时;长颈鹿和大象只需要 4 个小时。海豚和人类一样每天需要大概 8 小时的睡眠,可是它们的单半球睡眠模式使它们每天只需要 4 小时就睡足了。

王蒙

熊为什么冬眠呢？我猜可能是因为冬天的熊是得不到食物的，只能采用一个最有效的保护自己的方式，冬眠也是节能的方式。

郭兮恒

这是熊冬眠的第一个原因。第二个原因是熊在冬眠期间同时也在养育后代。如果它在那么寒冷的冬天不睡觉，还要去到处走的话，它的宝宝就活不了。因为刚生下来的小熊是没有任何自我保护能力的，没有持续的保暖很快就会被冻死。

人的生活方式不一样，白天人们需要工作，需要活动，晚间可以休息，人类复杂的保护行为使得人即使在冬天也可以养育后代。在北极这种严酷的环境下，能够存活的生物非常少。北极有猴子吗？没有，可能早先是有的，但是已经被冻死了。老鼠在夜间活动，白天却很少活动，因为它太弱小了，白天活动容易被其他生物吃掉！它靠夜色来保护自己，这都跟它的行为方式有关系。

不同物种的睡眠时间也不一样。比如说大猩猩、猴子这类灵长类动物，跟人的睡眠时间是比较接近的，但是又不完全一样。

睡眠当中的快速眼动睡眠（REM），也就是我常常说的做梦的睡眠，是哺乳动物才有的一种睡眠形式。在 REM 睡眠期，眼球活动增强，大脑活跃，伴随梦境。睡眠较浅的猩猩、猴子都会做梦，我们虽然不知道它们的梦的内容，但是我们通过脑电图发现它们都有快速眼动睡眠。

DNA 决定睡眠时长

王蒙　　我看过一本书，大概是讲作为一个人，你和 50 万年前的自己有什么区别。50 万年演化过来，我们的 DNA 变化并不大。远古时期，人类每天睡 8 小时就意味着要放弃狩猎，冒着被动物吃掉的风险，放弃交配的机会。这种习惯的存在一定有其合理性，就像现代人喜欢吃薯片的原因一样——远古时期，人类靠吃昆虫来获得蛋白质。那时人们吃昆虫时嘴里发出嘎巴嘎巴的声音，就是获得蛋白质的标志，和我们现在吃薯片的快感是一样的。50 万年前我们想获得食物不被吃掉其实是很难的事情，但那时候的人 24 个小时里有 8 个小时在睡觉；现在我们更容易获得食物，有更多的夜生活了，但还恪守那 8 个小时的睡眠。由此可见 50 万年前的人类跟你的 DNA 差别非常小。

郭兮恒 所以说为什么有的生物是夜间活动，有的生物是白天活动，这都跟它们的生活习性、生理特点有关系，也就形成了各个物种不同的生物节律。

王　蒙 我有时候自然而然地就醒了，等到又困了的时候就睡个回笼觉。睡回笼觉的时候梦特别多，而且梦境特别清晰，还不觉得累，挺舒服的，该梦到的、想梦到的都梦到了。

像我这种爱好睡眠的人，能多睡一个小时我绝不少睡一小时。有时候我睡得特足，到凌晨三四点钟就已经睡了六七个小时了，醒了就起身打开电脑，改一段稿子，过一会儿，困劲儿上来了，又回被窝里睡一小时回笼觉，再起来更精神了，就觉得赚到了。

郭兮恒 您讲得太对了,这是生理上很重要的现象。回笼觉一般发生在后半夜甚至清晨,后半夜的睡眠就处于容易做梦的睡眠阶段。您有时候可能还觉得整夜的睡眠过程中并没有梦,其实您没有梦的感觉并不意味着您没做梦。由于回笼觉经常发生在后半夜或者清晨,因此常常要经历做梦的睡眠,在做梦的过程中觉醒就会使您对梦境的感觉特别清晰。

王 蒙 对于睡觉这项科学来说,我是个外行,因为我没学过这个。但就您刚才说的,我想谈谈对于人类需要睡眠的看法。如果我说得不对了,郭主任就赶紧帮我纠正补充。

生物为何有睡眠?我认为是因为身体的器官都需要休息,但是有的器官休息非常明显。比如吃饭,假如说您一天吃两顿、三顿甚至四顿,在饭后的三个小时,就是肠胃的消化过程,我认为虽然肠胃还在动,但它起码舒服了,这就是休息。

四肢的休息相比肠胃就更明显了。您在劳动过后歇着的时候,或者锻炼后歇着的时候,都是四肢休息的表现。可是中枢神经这一部分,就是所谓的大脑皮层、大脑皮质这一部分,就只能靠睡觉休息。就算您坐在那儿一动不动,您不睡觉,在那儿胡思乱想,脑袋也会变得很沉重。我对睡眠的理解,您觉得可以吗?

郭兮恒

我认为您理解得很对,但是我觉得您说的只是一部分,还有一些其他的方面。因为生物的活动存在一种节律性。

首先,就睡眠来说,我们大家都容易理解的或者都容易想到的就是休息。它的功能表面看上去好像就是一个休息的过程。我们为什么要睡觉?首先我觉得这跟我们人类的行为方式有关系,人的生活方式,就是有一段时间需要活动,还有一段时间需要休息。人类选择夜间的时间休息,是因为人到了夜间就什么也看不清楚了,如果这时候出去打猎,什么也看不见,那怎么办?

就得找个安全的地方去休息。这个行为方式就决定了人类的生物节律。有些动物就不一样，比如狮子，白天睡觉，它晚上干吗？去捕杀猎物。它的眼睛在黑夜中也可以看得很清楚，它可以看清猎物，而它的猎物却看不到它。

另外，人类的休息形式有两种，都是非常重要的。第一种是体力活动的休息，第二种是脑力活动的休息。完成体力活动和脑力活动的休息在睡眠当中的体现形式是不一样的。比如出版社今天要搬家，从19层搬到24层，我们都要搬东西，这个时候消耗的是什么？消耗的主要是肌肉的活动和体力，搬完了累得要"死"，但是搬上去以后办公用具摆哪里，那就不需要我们操心了，由领导来安排，我不需要动脑筋了，因此这个过程主要消耗的是体力。那么这种体力上的疲劳，晚间如何通过睡觉来修复呢？您就发现，在这天晚间的睡觉过程中，不做梦的睡眠就变多了，因为不做梦的睡眠是恢复体力的主要形式。再比如领导催促王蒙老师尽快完成书稿，他就要不停地动脑，写提纲，整理资料，整天坐在那儿全神贯注地工作，大脑一直在飞速运转，这样忙了一天后，同样会感觉非常疲劳，这说明王蒙老师的脑力活动已经透支了。那么接下来晚间的睡眠，做梦的睡眠就变得比较多，因为他是通过延长做梦的睡眠来恢复脑力的消耗和强化记忆的。

我要强调的是睡觉的过程很复杂。如果仅仅是把睡觉理解成单纯的被动休息，可能是不全面的，这只是睡眠的一小部分功能。真实完整的睡眠活动是一系列积极主动的复杂过程，是需要完成很多重要生理活动，执行多种机体功能的过程，这就是王蒙老师所强调的，睡眠是非常重要的、不能被忽略的原因。

有的人可能认为自己睡了，而且睡的时间好像也不短，但是可能你睡眠的这个过程并没有完成你所谓的休息。比如说您写了一天的稿子，动了一天的脑筋，可是晚上睡觉的时候做梦的睡眠又特别少，那第二天您的脑力就没有得到充分的恢复，脑子是混沌的。脑力要想恢复，就必须要通过做梦的睡眠来实现。不过还要强调一下，我说的主要是指成人。

王蒙　儿童还没有脑力劳动呢，那儿童睡觉做不做梦呢？

郭兮恒　儿童成长的过程有两个方面。你看那小孩在嬉笑玩闹的时候很幼稚，他的幼稚行为是与他的年龄相匹配的，要是他三十岁了还是做出像小孩一样的行为举止，您就觉得不可思议了，为什么？孩子需要经历成长发育的过程，包括脑力发育、智力发育和身体发育的过程，健康的睡眠对于这些生理发育过程是非常非常重要的。在睡眠过程中要经历不做梦的睡眠，不做梦的睡眠当中有深睡眠，我这么说有点绕，但是绝对准确。孩子处在不做梦的睡眠当中的深睡眠时，生长激素会大量释放！生长激素作用于整个机体，对蛋白质合成、糖代谢、调节肾功能和水代谢都有作用，因而可促进骨骼、肌肉和器官的生长。

您想象一下，如果一个孩子的深睡眠时间不够长的话，生长激素分泌就少，成长发育和代谢都会受到影响，那这孩子个子就长不高。所以说保证孩子的睡眠时间太重要了。

睡眠当中做梦的睡眠，刚才我们说过，叫快速眼动睡眠，眼球会发生快速转动。大脑的神经元的活动与清醒的时候类似。

这种睡眠对于儿童神经系统的完善和智力发育非常重要。如果一个人在幼儿时期做梦睡眠不足，日后就会产生行为偏差、失眠以及大脑缩小等后遗症，并会造成非正常数量的神经细胞死亡。因此做梦的睡眠对于中枢神经系统的健康是非常重要的。我经常会讲一个极端的例子：如果我们观察智力障碍患者的脑电波，就会发现他们的做梦的睡眠特别少甚至阙如。如果想让孩子聪明，智力发育好，学习成绩也好，老师讲的课程都能容易记住的话，就必须保证充分的做梦的睡眠。

睡眠为什么这么重要？就是因为它的功能太多了，无论是人的休息，人的发育，以及内分泌代谢的调节，还是很多神经系统、消化系统方面的功能，都跟夜间睡眠有密切的关系。夜间睡眠的时候，我们的迷走神经功能兴奋，胃肠蠕动就会加快，促进食物的消化。睡得好就吃得好，睡得好就消化得好，营养状态也会好，这都跟睡眠是有关系的。

可以放心补充褪黑素吗？

王　蒙　睡眠这件事真是太有趣了，能让我们从人类的大历史聊到个人成长的小历史。

郭兮恒　睡眠既是人们的基本生理需要，又是个非常复杂的生理过程，它不是一个简单的休息问题。这点特别重要，您觉得躺在床上睡觉，什么也没干，其实在这个过程您干的事儿太多了。都干了什么呢？我们在白天讨论的问题、遇到的人、学习的东西，怎么才能记住啊？就得靠经历睡觉的过程才能记住。我们平时上课学到的东西，大脑就会把它放在一个临时的储藏室存放起来，如果您不去强化它，这个事物您就记不住，这个临时储藏室很快会被大脑丢掉。问题的关键是，我们要想记住学习的东西，就需要大脑把临时的储藏信息转移到永久保存的地方，而这个过程一定要经过睡眠，所以睡觉是我们形成长期记忆的关键步骤。您知道人类跟其他动物不太一样，人类是高智商动物，既往的进化过程和当前的生活行为，都是离不开学习和记忆的，所以睡眠对人类来说就非常非常重要。

另外，人的身体在一天的工作和生活过程中经历了很多事情，也会发生相应的变化。随着疲劳程度的加重和能量的消耗以及代谢产物的堆积，总之，在诸多的条件积累和促进下，人体睡眠的欲望逐渐增强，最后不可避免就要发生睡眠。其实这个调节机制非常复杂，包括随着生物钟的节律变化，人体内很多激素的水平都会发生相应变化，这也是促进我们发生睡眠的内源动力。

健康的睡眠是顺应生物钟节律发生和结束的，

这也是我特别强调生物钟的重要作用的原因。比如说我们到了晚间褪黑素的分泌就会升高，这时候我们的睡觉意愿就增强了。到了早晨的时候，肾上腺皮质激素就逐渐升高，这时候我们就觉醒了，而且精神饱满、精力充沛。那么如果您到晚上肾上腺皮质激素高了，就会造成您晚上没有困意，睡不着了。每天我们都是在这么多条件共同作用下，才能使得我们发生睡眠和觉醒。睡眠状态良好的晚上，您一躺下就睡着了，第二天早上睡够了，也就自然醒了。这些现象都是人体顺其自然发生的，睡眠健康的人根本不需要为此担忧和付出额外努力，这就是一个生理行为过程。

王蒙　我一般出国的时候才会用到褪黑素，那如果年纪轻轻就开始服用褪黑素，会不会让大脑觉得不用再分泌了，然后对这种药物产生依赖？

郭兮恒　褪黑素是人的大脑神经核释放的一种激素，它的释放跟光线、生物节律都有关系。我们人体

正常情况下可以释放褪黑素，而褪黑素与睡眠是密切相关的。我们白天工作的时候，大脑神经核所释放的褪黑素的量是非常小的。为什么呢？一方面跟我们活动环境的亮度有关。比如光线比较明亮的时候，就会抑制大脑释放褪黑素；等到晚间的时候，光线暗下来后，褪黑素的释放量就开始增加，人就会开始产生困意。进入深睡眠时，褪黑素释放量最高，然后会逐渐减少。所以说睡眠的觉醒是可逆的，到后面褪黑素释放得特别少，就很容易觉醒。另一方面，褪黑素的释放受生物节律的影响。简单来说，我们白天工作，晚上睡觉，所以晚间是褪黑素释放高峰，白天则是释放低谷。

褪黑素的作用整体来说比较复杂，调节睡眠是重要作用之一，它可以使我们更加有困意，从而让人很快进入睡眠，同时还能加深睡眠的程度和提高睡眠的质量。在我们每天的睡眠过程中，褪黑素都会有一个释放的高峰起到助眠作用。但我们每个人的褪黑素所释放的量，差别是比较大的，这跟年龄有很大关系。越年轻的人褪黑素的释放量越高。比如儿童时期，褪黑素释放量就比较高；到高中生时期，释放量就会相对减少；到成年时期，释放量会进一步减少；到老年阶段，释放量会更少。通常情况下，如果老年人睡眠不好的话，与褪黑素释放量减少是有一定关系的。但是这也不绝对，因为在中老年阶段，与年轻时候相比，褪黑素的释放量就已经明显减少了。

那补充褪黑素对我们的睡眠会不会有影响呢？理论上讲是有影响的。我们内源性大脑产生的褪黑素和依赖外源性补充褪黑素还是有区别的。一是大脑释放褪黑素受生物节律的影响，它释放褪黑素的规律跟我们的生活行为相匹配，它知道什么时候该增加释放量，什么时候要减少释放量。而我们口服补充褪黑素就不一定了，比如我们白天吃褪黑素以后又不去睡觉，可能它发挥的作用就比较弱；到了晚间的时候我们吃褪黑素，它又不能很快发挥作用，因为口服褪黑素需要通过血脑屏障进入大脑发挥作用，而通过血脑屏障的同时也会影响其他的生物作用。另一个区别是，目前认为儿童或者青少年的睡眠受褪黑素的影响比较大，到了成年人阶段，随着褪黑素的释放量减少，相当于褪黑素能发挥的作用减弱了，而我们的睡眠会受到很多其他更加复杂的因素影响，所以这时候褪黑素起到的助眠作用就比较弱了。

那我们补充褪黑素后会不会对我们大脑内褪黑素的自然释放有影响呢？肯定是有影响的。大脑释放的褪黑素的量是和人体需要相匹配的，但是口服补充的量就不一定了。所以口服补充褪黑素能真正发挥多大作用，我们根本没办法衡量。如果补充的量少，可能作用微乎其微；如果补充的量过多，它会产生一种褪黑素已经释放过多的信息反馈给大脑，让大脑认为不需要再继续释放，那么我们自身释放褪黑素的功能就可能被抑制，释放量也会减少。所以说外源性补充褪黑素，有可能影响身体自身释放褪黑素的功能。褪黑素除了调节睡眠以外，对我们其他方面，比如身体免疫功能、年轻男女的生育功能等也可能会产生一些影响。

既然这样,那我们到底要不要使用褪黑素呢?在我们国家,褪黑素不是药品,是作为一种保健品存在的。它在世界上大多数国家都属于一种保健品,个别国家是把它当成药品的。作为保健品来说,它起的作用就相对有限。就目前来看,如果有病人认为自己睡眠不好,想要补充褪黑素,那就要看你的体验效果。如果你感觉效果好,你可以用;如果你感觉效果不好,建议还是让医生帮忙选择一些更加有效的医疗药物。在临床当中,我看过的一些服用褪黑素病人,有的人会说吃了没什么效果,有的人说吃了几天是有效的,但过几天效果就不明显了。这说明服用褪黑素的作用确实是有限的。如果用来调节短时间的睡眠障碍,比如因为时差导致睡眠不好,你可以尝试这个方法。但如果你是一个长期慢性睡眠障碍患者的话,最好还是找专业医生寻求一些调节睡眠的方法和药物。尤其刚才我提到服用褪黑素对身体免疫功能和生育功能都可能会产生影响,所以长期服用需要慎重，最好咨询医学专家后再服用。

王　蒙　说到褪黑素助眠，我就想到另外一个问题，可能有点跳跃，就是现在好多人开始用智能手环、智能床垫还有助眠 App 等科技来监测自己的睡眠状况，您觉得这些科技对我们的睡眠和健康来说，好处多还是坏处多呢？

郭兮恒　对于睡眠的评估，一直是大家比较关心的话题。我们临床当中评估睡眠的方法有两种：一是凭借自己的主观感受；二是用医院的专业监测设备进行整体评估。前一种方法缺乏精确性，后一种方法操作流程烦琐且需要高专业度，不容易实现。所以智能手环、助眠 App 等科技的广泛使用就很正常了。

以智能手环为例，它对睡眠的监测评估是另外一套算法、另外一个逻辑，这个逻辑与睡眠问题有一定相关性，但不是非常精准，也不是非常具体。它主要监测评估你在一段时间内睡眠是怎样的，让你对睡眠问题有一个大概的了解，与我前面说的用专业设备进行标准的睡眠监测不是完全对等的，但它具有一定的参考意义，使用简单又方便，所以大家对这些科技的接受度是比较高的。

那这种监测结果到底有没有意义？我的回答是有意义。因为它确实能反映出你这一晚上的睡眠深浅，比如做梦的睡眠有多少，睡眠的效率怎样，等等。它可以对你的睡眠做一个粗略的评估，虽然并不是非常精准，也可能并不代表你睡眠的实际情况，但也能让你对自己的睡眠情况有一个大概的了解和参考。当然也可以将睡眠进行横向对比，比如今天跟昨天比较，昨天跟前天比较，这样来监测自己在一段时间内的睡眠变化，这种变化可能更有意义，因为你不能单纯以某次检查结果就判定睡眠怎样。我们每天都可能受到各种人、事、物的影响，睡眠会随之出现相应的变化，那么你看到的睡眠结果就可能有所不同，所以你可以进行多次多天比较，评估结果会更全面一些。

达·芬奇睡眠法与生物节律

王蒙 有一个非常出名的球星,葡萄牙的C罗,我曾看见一则关于他的采访说:睡眠对一个运动员的比赛状态起很大的作用,有的足球运动员会有睡眠辅助师。C罗的睡眠是分段的,每天睡5次,每次时间不超过90分钟,并且采取胎儿式睡姿。据说这样有利于恢复体力,还可以提高反应能力。

郭兮恒 这就是所谓的达·芬奇睡眠法(Da Vinci sleep),是一种将人类习惯的睡眠过程分散成多个睡眠周期,以达成减少睡眠时间的睡眠方式,也叫多阶段睡眠或多相睡眠。

　　人类的睡眠习惯是在优胜劣汰的自然法则下进化而来的。我们现在的睡眠规律是自然优化后形成的习惯。人类的睡眠是在特定时间内的连续过程，你睡第一个小时是为第二个小时做准备，第二小时是为第三小时做准备。你有第一小时的睡眠才会有第二小时的睡眠状态，如果你把睡眠的节奏打破了，就不会有完整、正常的睡眠过程。开始发生睡眠时，我们首先进入到浅睡眠，再由浅睡眠过渡到深睡眠，然后由深睡眠再回到浅睡眠，最后进入到做梦的睡眠，这个过程就是一个睡眠周期。健康的成年人每晚完整的睡眠都会经历 4—5 个睡眠周期，但是每个睡眠周期都是不一样的，不是对前一个睡眠周期的重复，而是不断在变化。前半夜的睡眠周期中深睡眠是比较多的，后半夜的睡眠周期中做梦的睡眠是逐渐增多的。前夜和后夜的睡眠是有因果关系的，你只睡前半夜的觉就不能称之为健康睡眠，你也不能不睡够或者跨过前半程的睡眠，直接进入后半程的睡眠。即使在后半夜睡眠，首先发生的仍然是第一个睡眠周期。那么这两种睡眠的生理功能有什么不一样呢？前半夜睡眠对我们的体力恢复和智力恢复都是有重要帮助的，后半夜的 REM 睡眠是做梦频繁的阶段，对我们的情绪影响和智力影响是非常大的。后半夜睡得太少的人的情绪就可能出现问题了。如果你想保证健康睡眠，就一定要保证一个完整的睡眠。人类的进化就要求我们每晚必须连续完成 4—5 个睡眠周期。

　　我们通常把整夜的睡眠变化过程叫作"睡眠结构"。睡眠结构正常才是真正意义上的健康睡眠。前边所说的达·芬奇睡眠法我肯定不赞同，这是违背自然规律的睡眠形式，也许有某种需要不断防御的动物有这样的睡眠行为。想象一下，我把您的睡眠规定成 60 分钟一段，在 24 小时内分 7 次进行，结果会怎么样？

那我跟你急！

郭兮恒：确实应该急！很多人，特别是老年人在睡眠时被叫醒，再入睡就困难了。

王蒙：不仅入睡困难，我还会很生气呢！

在睡眠当中，人的整个的生理、心理的作用到底是怎么回事，我闹不清，现在听您的解释我就明白了。虽然我不是专家，但是您要说体会，我就想到起码睡眠对消化有很大的作用。睡得好的人，第二天嘴都不那么臭，是不是？您要是睡不好的话，自己都能感觉到自己口腔有异味，这就是睡眠不规律的恶果。这也让我想到2017年的诺贝尔生理学或医学奖颁发给三位研究者，就是因为他们发现了控制昼夜节律的分子机制。

郭兮恒：对，"生物节律"就像是有机生命的内部时钟一样。我给您举一个实际的例子：现在年轻人的睡眠问题比较突出，晚睡的人特别多，而早睡的人特别少。您仔细观察一下周围的人是不是这样？睡得晚了或者睡不着了，有人就会把这定义为"失眠"。您是否思考过这样的问题：为什么睡眠障碍人群中晚睡的人居多呢？这就和人体的生物节律特性密切相关。除了动物以外，植物也是有生物节律的，比如一盆花，太阳一出来花就舒展开了；太阳一落，花叶就蔫下来了。如果把这盆花放在地下室，或者其他没有日光的环境下，等到了太阳出来的时候花还是会挺直起来，太阳落时它还是会蔫下来。这就是固化在植物体内的生物节律在发挥作用，但节律容易受环境影响并做调节。如果植物长时间处在没有太阳的环境下，它就不知道什么时候该舒展了，逐渐地，花叶的舒展时间与太阳的起落时间就不一致了。人也有固有的生物节律，我们的节律和大自然的昼夜是保持一致的，天一亮就觉醒，天一黑就睡觉。我们都知道自然界的昼夜节律是 24 小时，而人类固有的生物节律要比 24 小时长。没有想到吧？也就是说我们的"表"总是要慢一些，为什么还能这么准确呢？因为我们每天都要根据大自然昼夜来校准自己的表，所以我们实际上还是过"24小时节律"的生活。如果您放任生物节律的周期变化，最容易发生的改变就是生物节律被延长。这就是在生活中晚睡的人远远多于早睡的人的原因。临床上失眠的患者也是睡眠疾病中发病率最高的类型。

按照我们的生物节律，晚10点钟是最佳的入睡时间。如果你做不到，11点也可以，但是不要晚于12点。这样如果你第二天是七八点钟起床，起码能维持7个小时的睡眠时长。

当然不同的个体之间睡眠时长和生物节律也有很大差异。可能有一位和王蒙老师年纪相仿的人，他的睡眠时长就和您差很多。根本原因，首先在于每个人对睡眠的生理需求量不同。睡眠时间和饭量一样，有的人饭量大，有的人饭量小，只要吃饱了就都是正常的。其次，每个人的睡眠质量也不一样。我经常说：有的人睡觉像吃肉一样，吃得不多，很容易饱，还不容易饿；有的人睡觉像喝汤一样，虽然汤喝多了也能饱，但质量肯定不高，很快又饿了。睡眠质量低的和睡眠效率差的人，往往需要通过延长睡眠时间来解决睡眠不足的问题，因此会觉得总是睡不够。有的人睡四五个小时就够了，是因为在睡眠过程中，他的深睡眠时间比例很高，睡眠效率、睡眠质量都好，他睡四五个小时就相当于别人睡七八个小时。生活中这类人还是少数，我们大多数人还都是"正常吃饭吃菜"的人。

王 蒙

您讲的这个很好，早睡早起的人很少有关于睡不好的哀鸣，睡得早的人躺下半个小时，因故或者无故还没有睡着，他也不会着急，离天亮还远着呢。中医讲的子午觉，也有节律的意思。

还有睡觉对于每个人来说各有不同，这个说法也特别好。有的人一躺下就能睡着，有的人过一会儿才睡；有的人不断翻身，有的人不多动弹；有的人起夜若干次，有的人一觉睡到天明。这都不足为虑，就跟吃饭一样，有时荤一点，有时素一点，有时多一点，有时少一点，大致规律，随时调整，顺其自然，无为而治。睡眠与喘气、出汗一样，是最自然的事，是生命的必然，也是福气。在各种动物中，我觉得人的睡眠还是比较有节律的，有完整性与体面性的，是对生命的良性的自我调整。

郭兮恒　临床当中还有的人是也能睡着，睡的时间也够长，但是他入睡的时间总是不对。晚上到了该睡觉的时候他睡不着，可在不该睡的时候，他困了，也睡着了，睡的时间也不短。这就是睡眠的时间段不合适，我们医学上称这类睡眠障碍叫"睡眠时相异常"。比如有的人很早就困了，我们称之为"睡眠时相前移"。有的人很晚的时候才想睡觉，我们称之为"睡眠时相延迟"。这类病人不能被误诊为"失眠"，只能说明他们的生物节律的时相出现了问题。有的人不明白自己为什么总要早睡，或者为什么总要晚睡，为什么和别人的昼夜节律不一致；有的人则长期误认为自己是失眠症患者，甚至被诊断为失眠症而被错误地治疗。比如咱们在座的几个人，在夜晚到来时我们都睡着了，可是你一点都不困，根本睡不着。你的生物钟入睡的时间节点不是在这时候睡觉，而是在凌晨2点。你无法抗拒内在生物钟的控制，只能等待自己的睡眠时间的来临。这不是失眠，而是睡眠时相延迟，也是一种非常容易误诊的睡眠疾病。面对这种情况怎么办呢？我们能不能把他的睡眠时间给拉回正常轨道呢？这就需要我们采取特殊手段了，我可以把他的生物钟重新矫正过来。那怎么调整？就要靠光。人的生物节律是需要校准的，太阳光线是最重要的标准钟。发生这样的问题主要是他的校准过程出现了故障，他对标准钟的反应时间出现了问题，或者他不能够经常规律地获得标准钟的信息。就以睡眠时相延迟为例，他的表现是睡得晚，醒得也晚。比如他凌晨2点入睡，上午要睡到9至10点才醒，在早晨7点根本不能自然睡醒。我采用的方法就是在他自然觉醒之前，提前半个小时至1个小时把他唤醒，然后在他的面前摆放特殊的灯光照射，这个亮度会显著消除他的困意，保持白天清醒的状态，晚间睡觉时，再比之前的睡觉时间早睡半个小时。通过医学灯光照射逐渐调节他的生物钟，就可以把他的生物钟一点一点往前提。一般需要三天至一周的时间才能调整半个小时，有人还会更慢，需要数月时间才能调整过来。这种方法需要借助专业的医用照明灯箱。

有人问用家里的灯光或台灯不行吗？不行。我们知道光线对睡眠有很大的调整作用，而我们最常接触的是阳光的照射。阳光照射的亮度是室内照射的亮度的 100—500 倍。一般的台灯没有这样的作用强度，而且可能有损害视力的风险。除了外界的自然光，只有专业医用照明灯箱才能照射出足够的亮度来调整睡眠。所以如果你没有条件照射足够亮度的医用光线，那就多进行些户外活动吧。比如早上起来跑跑步、做做操，晨光能让你很快从昏睡的状态调整到清醒的状态；傍晚或晚间散散步，那时的光线照射能让我们趋于疲惫困倦的状态。大自然是非常奇妙的。

王 蒙 太阳光可以帮助调整睡眠,那我们平时多晒太阳是不是睡眠会更好?我现在每天还在坚持走路,平均每天七八千步,多的时候一万步,少的时候也有五六千步。多少朋友对我说你这样不行,你那个膝盖处的半月板会怎样怎样,可我膝盖至今一点都没坏,我上台阶照样上。可是如果我三个月不走路了,就肯定离不开轮椅了。

郭兮恒 对。其实散步就是一种很好的助眠方式,尤其对于老年人来说,安全又有效。

散步对人体有两方面影响,第一个方面,是对体力活动的影响。活动本身会消耗一定体力,让我们神经放松,有利于我们睡眠。第二个方面,户外散步的行为会受环境因素的影响。环境因素有很多种,其中很重要的就是光线的影响。有睡眠不太好的人问我:郭大夫我到底是早晨散步好,还是晚间散步好?让我选择的话,我会说:都好。

因为光线的照射会调节我们的生物钟,改善

我们的睡眠能力，提高我们的睡眠效率。

早晨的光线又叫晨光，傍晚的光线又叫暮光，二者的功能是不一样的。晨光的光线渐强，更有利于我们从睡眠的过程中清醒过来，进入兴奋的状态；而暮光的光线渐弱，让我们更倾向于平静，提醒你要做睡眠的准备。

如果你早上起来就昏昏沉沉，可能一天都难有精神。这一天里你可能会频繁打盹儿，到晚上可能就睡不着了。晨练活动有利于我们白天保持更清醒的状态，晚间更容易入睡。暮光则会让我们的大脑趋于平静，促进褪黑素的释放，使我们更容易进入睡眠状态。

有些人睡不好觉是因为整天在房间里面，不能接受光线的照射，大脑的神经活动和神经功能的调节就会受到影响，甚至处在失衡的状态，就非常容易出现各种各样的问题。所以我想对睡眠不好的朋友说：如果你想调整你的睡眠，我建议你走出去，选择一种适合自己的活动方式，你的睡眠就会得到很大改善。

睡眠剥夺与周末效应

王　蒙

2019年，我在网络上看到一份中国人搜索"失眠"这个词的大数据统计。一看数据吓我一跳，说每100位失眠患者中就有约40个（39.52%）是年轻人，其中18—25岁的人群竟然是失眠患者的"主力军"。26—30岁占了23%，31—35岁占了16%，36—40岁占了8%。总之年龄越大失眠比例反而越低。

我分析造成各类人群失眠的原因肯定是不一样的。青年人失眠比例最高，有可能是生活不稳定，欲望不能被满足造成的；中老年是由于竞争，或者人生阅历丰富了，身上的担子也重，需要思考、掂量、推敲的事太多；男性失眠是因为竞争压力大；女性失眠是因为心思缜密，更敏感、更焦虑……

郭兮恒　您所描述的这些数据确实能反映很多问题，但我认为，年轻人失眠比例高，可能是因为网上调查的结果把"失眠"概念混淆了。

晚间不睡觉和失眠症的概念是不一样的。很多年轻人晚上该睡觉的时候不睡，去交朋友、唱歌、刷视频、玩游戏……他们有睡觉的条件，也到了睡觉的时间，其实让他们睡也能睡着，但是他们就是不想睡！这种行为不能叫失眠。失眠是在睡眠的时间，有睡眠的条件，也有睡眠的愿望，就是睡不着。不愿意睡觉和睡不着必须区分开来。刚才我们提到，在医学概念上，年轻人这种该睡觉不睡觉的行为叫作"睡眠剥夺"。年轻人如果按时上床睡觉却睡不着，导致睡眠时间绝对缩短，那才是真失眠。我想大部分年轻人是抗拒睡觉，在床上玩手机，自认为时间还有很多，常常拖到后半夜才睡觉。通过临床观察我发现年轻人的睡眠剥夺比例非常高。

影响这份调查结果的很可能还有另一个客观因素：年轻人使用网络的比例高，对失眠问题的搜索量多，所以参与到数据统计中的数量就多；中老年人可能失眠的数量不少，但大多不会经常使用网络去寻找解决办法。所以更多的睡眠剥夺行为被融进了这份网络调查中，许多人把失眠和睡眠剥夺的概念混为一谈，调查的结果难免会出现偏差，失眠的统计结果中年轻群体当然就偏多了。

王蒙 因为工作原因我去美国的次数比较多，我感觉美国人就普遍属于睡眠剥夺的群体。可能是他们肉食吃得多，精力就比较旺盛，发泄不出去的精力就在体内闹腾。他们平均睡眠时间应该比中国人少，早上被闹钟叫醒急急忙忙出门，手里离不开咖啡，到了晚上就打电话、玩手机，也不睡觉。不光是他们，放眼全世界，城市生活、密集型的生活、越来越丰富的生活，对人们的睡眠产生了很大的干扰。而稍稍放松一点，辽阔一点，竞争与个人欲望都适当节制一点，还有接近大自然一点的农牧业劳动，比如草原上、大海边、森林里的生活，对睡眠非常有利。

郭兮恒　　很多年轻人白天的时间被工作和学习占据，他们会觉得，晚上才是属于自己的私人时间，我得把属于我的时间尽可能延长。特别明显的一个现象：为什么周五的晚上对于很多人来说都是一个"狂欢之夜"？因为第二天是周末，不用上学或上班了，可以在家里补觉了，也就是睡眠的周末效应。

最合适的睡眠时长

王　蒙

　　古代人的睡眠应该比现代人好。一是古代的照明情况没现在好，灯油里点一捻儿，能有什么夜生活？农村的生活节奏和自然界的节奏靠得近。很简单的一个说法：日出而作，日入而息。如果太阳一落就睡觉，那睡眠时间可大发了，不可能少睡了，这其实才是人最合理的生活节奏。可是由于城市的发达、照明的发达，对人的引诱就更大了。本来晚上已经吃得很饱了，又遇到恋人、好友，喝喝咖啡，喝喝小酒，那就甭睡了。

　　为什么说城市里有剥夺睡眠的情况呢？就是心

静不下来。除了之前说到的消费享受这个原因外，还有一种情况是忙碌型的人。比如撒切尔夫人，一生中平均每天只睡 4 个小时；更有甚者，美国联邦最高法院有史以来第二位女性大法官露丝·巴德·金斯伯格，常年每天只睡 2 个小时。那么，郭主任您觉得睡眠时间到底需要多长才合适？

郭兮恒

睡眠时间是我在电视媒体上经常讲到的话题。大约 20 年前，我讲的成年人的睡眠时间正常应该是 6 到 8 小时。后来我发现，现代人睡眠时间越来越短。我说睡够 6 小时属于正常，有人就敢睡 5 个小时。近几年我做节目宣教，就调整了策略，说合理的睡眠时间是 7 到 8 小时。同时，这些年也有很多研究数据支持这样的说法。

2011 年，《欧洲心脏杂志》（*European Heart Journal*）刊载了一篇 Meta 分析，该研究涉及 47 万受试者，把受试者分成不同睡眠时间组，每组每晚睡 4 小时、5 小时……9 小时不等。一年后再看他们的身体状况。结果显示，睡得少的和睡得多的人健康问题都更多。

睡眠时间少于7—8小时的人，冠心病的发病率是最高的；而睡眠时间多于7—8小时的人，高血压、冠心病，甚至是夜间猝死的概率也相对较高。如果用一条曲线来表示睡眠时长与发病率的关系，就是一条U形曲线。两面高出部分分别代表睡眠时间短和睡眠时间长的发病率，中间低谷部分是睡眠7—8小时的发病率。

2015年《糖尿病护理》（Diabetes Care）上也刊载了一项研究结果：汇总分析了共约50万参与者的数据，发现睡眠时间与2型糖尿病风

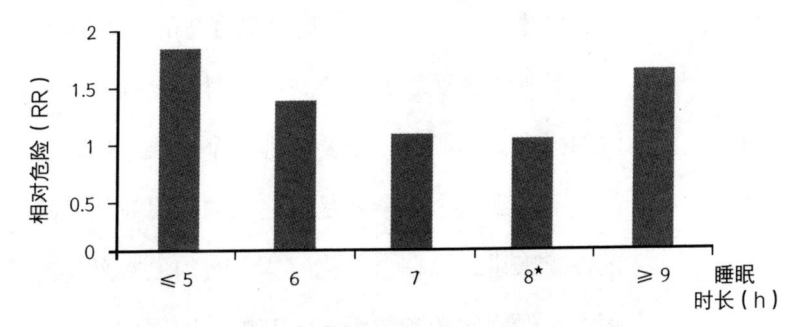

图1-1: 较长和较短睡眠时间都使冠心病发生危险增加
7—8小时睡眠具有最低冠心病发生危险

（资料引自 Sleep duration and cardiovascular disease risk: meta-analysis of prospective cohort studies.）

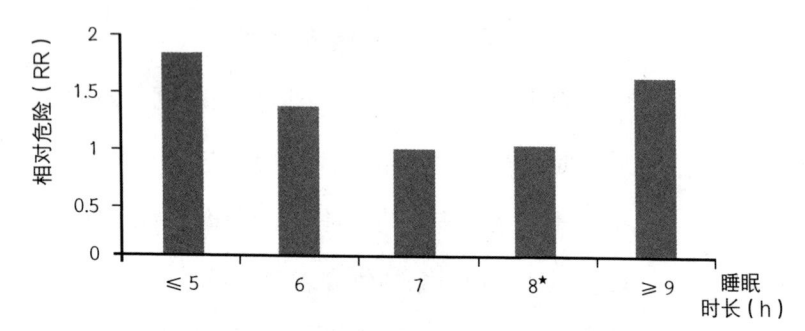

图 1-2: 较长和较短睡眠时间都使症状性糖尿病发生危险增加
7—8 小时睡眠具有最低症状性糖尿病发生危险

（资料引自 Sleep duration and risk of type 2 diabetes: a meta-analysis of prospective studies.）

险也呈 U 形关系，同样是 7—8 小时睡眠风险最低，少于或等于 5 小时风险增加 28%，多于或等于 9 小时风险增加 48%。所以睡眠时间过短或过长都不健康，睡七八个小时是最合适的。

另外我还要强调一下，睡眠时间没有一个绝对的标准，不能说一定要达到这个标准才是健康的，不达到这个标准就是不健康的。因为从睡眠的需求来讲，存在个体化差异。有的人本身就需要一个时间比较长的睡眠，有的人则需要一个时间比较短的睡眠。就跟我们吃饭一样，有人吃得多，三碗饭才饱；有人吃得少，三个饺子就饱了。

你不能说吃得少的人不健康，只要他觉得吃饱了，就是没问题的。

睡眠也是如此，如果你觉得睡够了，能正常地生活、工作、学习，那你的睡眠就是健康的。我在临床当中会遇到一些病人，常常因为自己不能睡到七八个小时而纠结，疑惑自己为什么就只能睡六个半小时，不能睡到七八个小时。这其实也是一种焦虑的表现。所以我觉得睡眠存在个体化差异，自我感受良好才是最关键的。

王 蒙

我们的睡眠时间在趋向缩短，而且这种缩短太快了，但人的进化却是个漫长的过程。人为什么要睡到 7 到 8 小时？那是通过多少万年的不断进化才形成的睡眠规律，而近些年睡眠时间趋向缩短，人的身体跟不上这种缩短的时间变化，那就会出问题。我觉得这里说的睡眠时间趋短化的进化，不是达尔文讲的那种生物性的进化，而是一种后天的文化型的变化，它与生命本身的需要不一定一致。

睡眠对人体免疫功能影响巨大

郭兮恒

我们经常说的睡眠障碍种类很多,按照国际疾病分类有 89 种之多。不过如果按照疾病特点来划分主要涉及三种情况:睡不着的、睡不醒的和睡不好的。

睡不着的,或者换句话说,睡得过少的,是现在临床当中最常见的,也是发病率最高的。例如年轻人晚上玩手机导致入睡时间过晚,早上还没睡够就爬起来上班,这势必造成客观睡眠时间变短,出现睡眠不足的大问题。

王蒙

首先就是第二天白天精神状态不好。

郭兮恒

这是必然的。更重要的是，这会造成人体免疫监视功能下降。医学研究已经证明，睡眠对我们的免疫功能有重要的调节和促进作用。我们的免疫功能分为细胞免疫和体液免疫这两种。而睡眠的好与坏，对人体免疫功能的调节作用的影响是非常明显的。当你睡眠缺失、睡眠不足或者长期睡眠紊乱的时候，你的免疫功能就会变弱，抗病能力、抗感染能力也会随之变弱。免疫功能就像警察一样，警察的职责是维持社会治安的稳定。当警察出现两种情况时会造成社会治安紊乱：一种是警察的工作能力下降，只坐在沙发上睡觉，不干活了，屋里进了十个小偷，他也不管，这叫免疫功能低下；第二种情况就是这警察分不清好人坏人，坏人他抓，好人他也抓，这叫免疫功能紊乱。当睡眠出现障碍后，就会造成免疫功能低下和免疫功能紊乱。这样会出现什么问题呢？会容易出现感冒、呼吸道感染、消化功能紊乱等症状。

免疫功能与人体肿瘤的产生发展关系也非常密切，如果长期睡眠质量差，会造成免疫功能，特别是对肿瘤细胞的监视功能变弱。健全的免疫监视系统能够及时发现、识别和杀灭体内突变的肿瘤细胞。长期睡眠不足的话，机体免疫功能就会变弱，癌细胞开始有机会肆意生长，那么人就容易得恶性肿瘤。这种疾病非常容易恶化、转移，而且预后也不好。人们一旦患病，机体出现的症状之一就是容易困倦和嗜睡，这可能是机体为自我保护所做出的反应，通过延长睡眠时间来增强免疫功能，提高抗病和抗感染能力。充足的睡眠有利于病体的改善和康复。通常情况下，人们情绪出现问题容易导致入睡困难甚至是失眠。临床上也发现许多长期失眠的患者会发生情绪、精神的障碍，包括焦虑和抑郁。睡眠不好引起的情绪问题还有可能对社会造成影响，成为社会不稳定因素。所以睡眠的问题不仅是健康的问题，还是社会的问题。社会化的生活方式改变又趋向缩短我们的睡眠时间，这些应该引起有关方面的关注。

王 蒙

说到这里，我们究竟怎么判断睡眠质量的好坏呢？

郭兮恒

前面也说过这个问题，最简单的方法就是凭借我们睡完觉以后的感觉来判断。看王蒙老师今天这个状态——精神饱满，说话逻辑清晰，就知道您昨晚睡得很好。所以您为什么不承认失眠是个问题，我认为这是源自您的自信，您相信自己睡够了，能保证第二天正常工作，所以我说第二天的感受很重要。如果说你头天晚上即使早睡了，睡的时间也不短，但第二天精神状态依旧不好，那你的睡眠质量就不太好。

如果坚持用一个标准来衡量睡眠质量好坏，那更加科学的方法就是做睡眠监测，通过睡眠监测的仪器来观察睡眠情况。我觉得可以通过以下几个量的参数来进行评估，包括脑电图、眼动图、肌电图、口鼻气流呼吸、胸腹呼吸运动等一系列的指标，我们可以看到深睡眠多少，浅睡眠多少，REM 睡眠多少……通过这些检测结果，我们能更加清晰地量化个人的睡眠结构，而且可以进行细致的比较，看我的睡眠和您的睡眠到底有什么差别，或者谁的更有优势。

嗜睡也是病

郭兮恒

除了睡不着这种睡眠疾病外,还有一种睡眠疾病是睡不醒,典型代表就是嗜睡症。嗜睡也是睡眠障碍的表现,也是一种疾病。如果王蒙老师坐在高铁上往那儿一蜷就睡着了,那时候是下午两点,根本不是睡觉的时候,他睡着了,算不算嗜睡?如果您在汽车上,人家开车,您在旁边睡着了,算不算嗜睡?

我这里要说两个概念:嗜睡症状和嗜睡症。嗜睡症状就是一种爱睡觉的表现,而嗜睡症需要前提条件,就是您在晚上要"睡好觉"。如果您昨天晚上打一宿麻将，第二天白天困倦，那就不叫嗜睡症，那叫嗜睡症状。如果您一段时间晚间都睡得挺好，但是白天仍旧不可克制地想要睡觉——我强调的是"不可克制"，也就是说想睡就睡，不想睡也睡：开会睡，上课睡，甚至开车也睡，这就得特别小心了，可能嗜睡症找到您了。当睡眠不足时，嗜睡是生理需要的补偿行为。许多老年人中午都要睡个午觉，或者下午打个盹儿，这是他生理需要的睡眠。如果说有人养成中午睡觉的习惯了，那睡觉是可以的。如果今天咱们正一起讨论睡眠问题，王蒙老师说话的时候我在旁边睡着了，通常他就会问我："郭大夫，您昨天晚上值夜班了？"我说："没值夜班，睡得挺好。""那您现在怎么还睡觉呢？"这就说明我存在白天嗜睡的问题了。

嗜睡也有评价标准，不是你打个盹儿就叫医学定义的嗜睡。我们有一种试验，叫作"多次睡眠潜伏期试验"。对于一位特别爱睡觉的患者，我们要用客观的指标评价他困倦的程度，达到一定标准才能诊断为嗜睡。具体操作流程一般是这样的：

首先，检查前一天晚间在睡眠中心监测条件下美美地睡一夜，这是为了排除其他睡眠疾病的影响。第二天早晨8点钟开始做试验，把窗帘拉上遮光，连接脑电图电极，让他在睡眠监测房间里睡觉，室内环境很舒服，床也很舒服。告知病人8点钟开始关灯自然睡觉，8点半开灯叫醒他起床。一天如此反复5次，每次间隔2小时，间隔期间必须保持清醒。您想想这样反复折腾，要是不困的人，根本睡不着觉，或者睡得很少。而嗜睡的患者，就能做到一关灯很快就睡着了，而且每次都能睡着，还能有做梦的睡眠。如果看到这样的检查结果，我们就判断他是嗜睡症患者。涉及嗜睡表现的疾病还有很多，最多见的是发作性睡病。有些阿尔茨海默病患者也会有嗜睡现象，有些有精神障碍的患者在接受药物治疗期间也会有嗜睡症状，这就需要专业医生帮助判断和治疗了。

先睡心，后睡眼

王　蒙　今天的讨论真是太值了，没想到睡眠问题越说越多。

郭兮恒　睡眠是由我们的神经系统调配的，是神经精神层面活动的特殊形式。人们日常有两种状态：一种是清醒的活动状态。比如工作、学习，或者做体力劳动，或者是跟王蒙老师聊天这类活动的状态。另一种是睡觉的状态。前者以交感神经兴奋为主，后者是迷走神经兴奋占主导地位。有的人上床后交感神经还兴奋着，强烈地抑制了迷走神经的兴奋状态，使人难以平静下来，这就导致睡不着和睡不好。想要做到心平气和，就要能够主动地调整交感神经和迷走神经的自然节律。

王蒙　您说到这儿我就想到了中国古代哲学中的睡眠理论。唐朝名医孙思邈曾在《千金方》中提出"能息心，自瞑目"；南宋理学家蔡元定在《睡诀铭》中写道："先睡心，后睡眼。"朱熹就常失眠，尝试了"先睡心，后睡眼"后睡眠真的得到了改善。

郭兮恒　古人很有智慧。您从哲学的意义上用"睡眼"和"睡心"概括了他们的智慧。我从医学的角度来理解，无论从中医还是西医的角度来讲，我们的睡眠都不只是简单的休息，"先睡心，后睡眼"这个过程标志着我们很多生理活动都是在睡眠中完成的。"睡眼"表明您的身体在休息，"睡心"则调整的是您的心理状态。人体的内分泌以及各项功能都是在睡觉中完成优化的，甚至在睡眠过程中人的记忆力也得到强化和巩固。有睡不着的病人坐在我对面描述他睡不好的时候,我就知道他的心已经乱了。他的情绪可能已经变得非常糟糕,或者对生活失去了信心,最严重的甚至想自杀。他觉得睡不好觉以后对一切都失去了兴趣,所以睡觉其实就是养心,要先养心再养眼。

王　蒙

中国古代的士大夫都注意"心"的问题。庄子有个观念,叫"心斋"。吃斋,是管控吃喝,戒除胡吃海喝;心斋呢,是管控心灵心理精神,戒除胡思乱想和负面情绪,不焦虑,不急躁,不忌妒,不恐惧,不悲观也不狂躁,这和睡眠关系可大了。我们日常说的"斋"是食物上的斋,不吃肉不喝酒,不吃葱蒜辣椒生姜,这都属于吃斋的范畴。心斋是去除心里不该有的波动、杂念、焦虑,让心吃斋、把斋、守斋。你对一个人羡慕嫉妒恨,都会影响你的情绪,导致食不甘味,睡不安寝。那让你的心"吃点儿斋"不就得了嘛!世上最恶劣的就是嫉妒心、害人心,他有他的条件，你嫉妒也没用。一个人应该有意识地心斋，闲暇时候干点儿自己有兴趣的事，不羡慕发财的人，告诉自己你该得的你也得到了。他一个月赚300万，你一个月赚3000块，但你也没吃亏啊。

道家讲"静心"，讲"虚静"。儒家讲"正心"，《礼记·大学》讲"心正而后身修"，也讲"意诚而后心正"，还讲"静而后能安，安而后能虑，虑而后能得"。王国维又名静安，就是这么来的。又静又安，当然睡得好，心理健康，决策正确率就高了。换句话说，你的心没有歪的邪的，就对睡眠有帮助。

郭兮恒 这就是我常讲的影响睡眠的精神和心理因素。目前认为精神和心理是引发失眠症的首要因素，在失眠病人的发病原因中占60%以上。你会发现，有些内心比较强大的人，发生失眠的概率相对低，或者说他能很快克服并解决短暂的失眠问题。

临床看病时我经常询问病人的话是："你睡

不着是什么原因呢？有多长时间睡不好觉了？"病人会给你讲各种各样的与他得病相关的故事，有很多人是因为解不开内心的症结，大多是20年前或者30年前的经历。可想而知，这样的人做不到拿得起、放得下。纠结的心理活动就会容易导致睡眠障碍。

记得有位患者，我问她睡眠障碍有多长时间了，她说："10年3个月零3天。"我说："这怎么可能？你时间记得太精确了，连3天都能算出来。你怎么能记这么清楚？有必要记得这么清楚吗？"她回答我说："因为那一天我离婚了。"您看，10年前的事她到现在还在纠结、接受不了，还在为此耿耿于怀。她的睡眠障碍不是生物节律的问题，而是心理状态不健康，缺乏自我调整的能力。

王 蒙　您得让她下点儿"心斋"的功夫。心里充满正能量，起码焦虑少一点儿。还有一个观念叫"心平"，就像手里端着一碗水一样，碗平衡了水就不来回晃荡了。我们的辩证法强调动，庄子、孟子强调静，水静的时候你可以把水面当成镜子，但是水动的时候你永远看不到水里的自己是什么样的。心静了对自然事物产生的心理焦虑就少了。所以恰当地掌握自己的心态，

焦虑是影响睡眠的第一情感因素

郭兮恒

曾经还有一位特殊的失眠患者对我讲："我那邻居就是跟我过不去。我住一层，他住二层。他天天晚间拿东西敲地板，一直到半夜两点还在敲。"我说："不可能吧，难道他自己不睡觉？"他说："他家就是和我过不去，后来我索性把房子卖了，买了个顶层的房子，结果发现新邻居在持续敲墙！"为此他天天跟邻居吵架，后来实在没有办法，只好又换小区，如此前后搬了三次家，睡眠问题还是得不到解决。他坚信这几次都是邻居针对他的故意行为。万般无奈之际，到医院找我，希望我能帮助他解决睡眠问题。我对他说："您仔细想想，你过去曾和邻居有过矛盾吗？"他说："没有啊，我们根本不认识啊！但一到了晚上他们就是敲啊，不让我睡觉！"

王 蒙

他这种情况属于心理过于敏感吧。除了对环境高度敏感外，对别人肯定也都往坏的方面理解。这种人就需要给他服用一剂"心斋丸"。

郭兮恒

没错，所以我就耐心地开导他，他是位极度敏感的人，对睡眠环境周围的事物和声音高度敏感，甚至在夜里还会主动仔细倾听细微的噪声。我给他开了适量的诱导睡眠的药，用来消除他紧张焦虑的情绪，让他在睡觉时不再关注无关的声音，从而慢慢消除心理上的障碍，睡眠自然也就改善了。

有些心理比较脆弱或者过度敏感的人，确实容易受到情绪方面的影响，所以他们也容易出现睡眠方面的问题。这种情况通常发生在一些文艺工作者身上，他们一般都比较感性，情感上容易产生波动，因此往往在睡眠方面也容易出现睡眠障碍。这种情况还容易发生在一些特殊行业，比如记者或者经常从事夜间工作的人，他们也会受到一定的影响。

还有另外一个问题，就是对于某时某刻或某个阶段的睡眠问题，如何来克服？这就涉及刚才王蒙老师讲的精神层面的问题，就是要有勇气或者有自信去克服它，这很关键。因为有些人会在上床之前先想"我睡不着觉了，我将面临失眠"，这种不良情绪往往是影响睡眠的最直接原因，可能会立即导致入睡困难和睡眠质量下降。患者有可能认识到其中的原因，也可能根本意识不到本质原因。所以许多患者常常回答："郭大夫，我没有觉得有什么影响我的睡眠，可就是睡不着。"甚至有的患者还强调："我一切都很好，家庭幸福，收入无忧，孩子也很优秀，就是睡不着！"其实他的潜意识中还是有焦虑情绪的影响，特别是那种追求完美的人更是如此。或许因为一件小事儿，就能让他睡不好觉了。

影响睡眠的第一情感因素，就是焦虑。表现为左思右想、忧心忡忡。很多找我看睡眠障碍的患者，当他们一进诊室，我就知道他有焦虑的倾向。这样的病人往往带着很厚的、好多家医院的病历资料，都是在不同医院重复进行同样或类似项目的化验检查，X光片就有特别厚的一沓子，几大兜子的资料就往你桌子上那么一放，你就知道他焦虑。如果他不焦虑的话，怎么可能在短时间内进行这么多次相同的检查？好多遍啊！先在协和医院做检查，查完没问题他不相信，再到同仁医院做检查，最后到朝阳医院做检查，这种就医行为就是焦虑的一种表现。所以他到我这里一坐，我心里就明白，又是一位焦虑患者。

"郭大夫您帮我看看这些片子。"他拿出那好几十张片子。在我仔细阅读他的肺部CT——我还是要阅读每一张片子，尽管都是短时间内的重复检查，确认没有问题后安抚他，详细向他解释确实没有发现问题，劝导他近期不要再检查了。

他仍然执着地说："不行呀，万一哪个医院没有查出来，给我误诊了呢？"

王 蒙 这种焦虑的情绪会让他没有安全感，所以产生睡眠障碍了吧？焦虑到一定程度以后得不到释放，就难免抑郁，难免产生很多负面的想法，甚至对生活失去信心，是不是？

郭兮恒 您说的这种现象我出诊经常会遇到。更加夸张的是我有一次在外地开会讲课，有上百人在听课，当我讲到一半的时候，有个电话打到我的手机上，一看是个不熟悉的号码，我就给挂断了。不一会儿又来电话，反复几次，我觉得对方可能有非常重要的事。没办法了，我就跟听课的医生解释说："对不起，有个电话总在打，可能有什么急事。"因为是医生嘛，总想着可能病人有事，我给他回电话，他接起来说郭大夫我是谁谁谁。我一听名字好像是我以前的病人，我也记不清他是谁了。他又说了一句话把我吓一跳，他说："郭大夫，我今天是要跟你道别的，我不想活了。因为最近又睡不着了，实在太痛苦了。"

你说我那时候正讲课呢，怎么办啊？我是中断讲课来跟他谈话呢，还是先继续讲课？我就解释说："我现在没在北京，正在外地讲课，我还有半个小时讲完。你等半个小时，咱俩再聊一聊行不行？"他说："行，郭教授，我很感激你，我觉得我临死之前，总要跟你道个别。"我说请等我半小时，我会赶快回电话。

其实问题很简单，就是睡不好觉，导致他精神崩溃，出现严重抑郁。许多人都是从最初的入睡困难到焦虑状态，最后到严重抑郁，这样一个发展过程如果没有及早进行干预，不能够改善患者的焦虑抑郁情绪的话，对他的危害可不亚于癌症，也不亚于任何其他的严重疾病。

经过及时调整治疗方案，这位患者的情绪得到了显著缓解，睡眠状况也得到了满意的改善。然而他还需要坚持用药来巩固疗效。睡眠障碍对患者身体和精神方面的危害都是巨大的。

睡觉可以自救

王 蒙　　您说的睡眠对情绪的影响，我也有比较深的经验和体会，我从父母的生活中曾观察出一些问题。我幼年时期的家庭，父母不和，情况吓死人。我父亲有很多奇怪的地方，他情绪很差的时候就会发挥他的"看家绝技"——当他碰到问题、困难，甚至遇到那种让人丧失活下去的动力的事件时，他忽然就睡着了，给自己赢得一个缓冲的时间来救自个儿。

比如他跟我母亲打起来了，已经打到了不可开交的程度，我母亲还有她这边的亲戚——我姥姥跟我姨妈她们——助阵，这时候我父亲肯定处于劣势，在外人听来看来，我父亲就没法再活了。可是这时候我父亲他就把门锁上，往那儿一躺，开始睡觉，饭也不吃了，厕所也不上了。他能睡七八个甚至十一二个小时，等他醒过来以后，您猜他第一个反应是什么？"昨天因为什么跟我媳妇吵起来了？"他早就都忘了。所以想起我父亲的这种状况，我就觉得睡眠还有一些非常奇妙的作用，是对不好的事物的消化作用、积淀作用、冷静作用，反正是一种非常重要的自我调节，知识分子叫作自我救赎的伟大作用。

　　包括你在工作、生活里边碰到一些令你极其不愉快的事，你已经很失望很悲观了。这时候如果你有能力，在这种情况下好好地睡一觉，很可能睡醒了以后就有了转机，你也有了从悲观走向乐观的转变，好死不如赖活着。我先干吗？先弄碗豆浆喝了，吃点烧饼，我再说别的事，整个精神都会有很大的转变。

郭兮恒

您举的这个例子太好了！但是像您父亲这样的人太少了。睡眠的一个很重要的作用就是安抚情绪，控制情绪。通过睡眠可以平复情绪的剧烈波动，也能缓解人际关系的紧张状态。临床上我们就有部分病人是因为睡眠不足引起情绪上的焦虑、暴躁、愤怒，或者更严重的躁狂症状，不安的情绪又会使睡眠的状况更加恶化。

我们处理过类似的病例：在面对极端状况情绪激动的时候，有的人情绪糟糕到了不可控的地步，这可能引发两种结果。一种人就像您父亲那样，通过睡眠来缓解激动的情绪，也防止了事态进一步发展，或者使事情又回到原点。还有一种人就会表现为睡不着了，成为更加顽固的失眠患者。当缓解失眠的努力无效的时候，你会发现小小的情绪波动对他来说都可能成为大浪，使他变成一个严重失眠的患者，继而发展成严重的焦虑，最后成为严重抑郁或者双向情感障碍患者，甚至引发暴力、犯罪行为。如果能够通过睡眠行为有效安抚他的情绪，那就说明在不依赖药物的情况下他的情绪是可控的、相对稳定的，或者仅短暂药物干预就可以有效。如果失眠情况更加严重，那长期药物治疗就不可避免了，特别是使用干预情绪的药物。比如当病人情绪比较差的时候，或者是不可控的时候，我们怎么做？我们就用点类似于镇静剂的药物让他睡觉。当这个人醒来后，你会发现，这个人的情绪状态和睡觉之前相比有很大改善，所以这类病人我们常常鼓励使用药物干预。

睡眠，向农村看齐

王　蒙

我没有查过统计数据，但了解一种普遍共识：至少在我的少年时代，和城里人相比，农村人的睡眠时间和熟睡的程度都优于城里人。农村人没听说过谁睡不好的，可能生活条件好的想的事儿多了，就有睡不好的；穷困的人为了生计，一天要工作十几个小时甚至更多，才能赚够维持生命和还债的钱，根本没工夫睡觉。他得先能活下去了，才能想睡觉的事吧，还没躺好呢就已经睡着了。很多城里人所谓的失眠，在他们看来特别不能理解。

郭兮恒

从流行病学调查的情况看也是这样的。睡不着的情况普遍存在,但发生的概率在不同人群中是不一样的。城市里睡不着的人确实比农村多,白领人群中睡不着的比蓝领人群中的多,追求完美的、比较优秀的人有睡眠障碍的也偏多,女性失眠的患者要比男性多。导致睡眠的城乡差异有两个原因:一是与时间的掌控力有关。城里人对时间的控制是身不由己的,比如城里人都是按照规定的时间上班,不能睡懒觉,否则迟到了收入就会受影响;农村人对时间的控制相对自由,八点锄地或者十点收割,自己控制就可以,时间上有较大的活动空间。

二是与生活压力有关。农村人的压力相对较小,最多也就是跟邻居比比收成。而城里人竞争压力太大,和同事比,和比他优秀的人比,和很多人比,肯定会造成焦虑,而焦虑会干扰睡眠。这也就是我们平时所说的睡眠障碍的根源所在。

王蒙 我觉得睡觉的时间可以相对长,但也别太长,睡醒了就要投入工作,我们提倡的是自食其力,还有不劳动者不得食,不爱劳动的懒惰者,那叫寄生虫。你得能够自己养活自己,否则你连吃饭都没资格。我相信很多大人物、高级领导没有每天睡够8小时的,这是因为他们为人民服务了。我们得向他们致敬,但我想他们也不必为睡得少而难过,人是可以适当睡得少一点的。睡眠是因时、因地、因人而异的。我呢,平时睡得很好,但是一出国就得备上安眠药或者褪黑素了,因为出国有时差。

郭兮恒 严格按照生物节律生活的人往往时差反应特别强烈,生活不规律的人到另一个地方时差反应就弱一点。有的人以为在中国过着昼夜颠倒的生活,到美国有12个小时的时差就正好昼夜作息正常了。可是他同样有时差反应,只是和当地时间冲突不大。

我有一个朋友也是我的病人,一到晚上九十

点就精神了，直到早上七八点，别人起床了他该睡觉了。睡到下午两三点，晚上又开始精神了。我说你这个状态既好也不好，你是不是到美国就没时差了？他说我到美国又调过来了，还是晚上精神，天亮时我就想睡觉。他经常在中国和加拿大两地来回飞，调时差也费劲。

王 蒙 说到时差，我跟您说一个我自个儿的例子。有一年五月份我去古巴，因为古巴太远了，我是先到加拿大的蒙特利尔转机，结果在那儿又多等了5个半小时，古巴机场也出现一些问题，我到那儿以后已经离我从北京出发近30个小时了，我困得不得了，进了旅馆就准备睡觉。担心睡不好，我就先吃了半片安眠药。但是我觉得才睡了10分钟就醒了，感觉药效太小，就又吃了半片。我跟老伴说我抓紧睡一会儿，到点儿了你叫我。其实我已经睡了5个小时了，当时已经早晨了。后来我也真睡不着了，就起来了。差不多早上7点钟，我们一块儿出去吃早饭，打算吃完饭就去参加古巴作协召开的会。可是我刚下去吃饭,安眠药就开始发挥作用了,我当时完全是一种梦游的感觉,后来发生了什么都不记得了。等到我再清醒的时候是感觉到一个人在摸我的胳膊,我一看是古巴的医生,原来与我同行的同事都认为我出事了。我就问古巴医生我怎么了,他说:"你有什么不舒服吗?"我还用英语回答他说:"I'm fine."我以为我还没吃饭,我老伴和同行的人都一起做证说我吃了香肠,喝了牛奶……然后就听他们说古巴作协已经把会取消了。我说:"怎么能取消?马上开会。"起身就出发了。

后来在会上我说得还挺好,主持会议的人开场说:"王蒙先生由于身体不适,刚才我们建议取消了会议,但是王先生还是坚持来了。"我说:"我不是不舒服,我无非是想以一个最好的状态和大家见面。"台下就开始鼓掌。你们看,吃多了安眠药,可能会进入梦游状态,但过了这个劲儿,照样清清楚楚,啥事没有。无论在什么情况下,都要相信自己,都要掌握自己。

思睡也是睡

王蒙　我是医学的门外汉,之前我们就谈论到我认为医学应该研究制定一些介于睡眠和失眠之间的概念,譬如"半睡眠"。中国口语里或者文化里的一些概念就很适合,比如我个人最喜欢的"闭目养神",你随时可以"闭目","闭目"就养好了神,这是多么棒的词语啊!我们之前谈到失眠的时候,我就提到过闭目养神这个词。这样的词听起来让人觉得不存在睡不着的问题。我只要眼睛一闭,养神也好,打个盹儿也好,这都是休息。对于缺少足够的质与量的睡眠的人,闭目养神万岁！你说闭目养神是睡着了吗？没睡着对不对？但是我确实养神了，今天我感觉比较累，但是时间太早，还不能睡觉，那我就这么坐一会儿，或者半躺下歇会儿。这也算一种睡眠自救的办法。

郭兮恒 王蒙老师我觉得您真是个睡眠大师，实际上您讲到了很多我们睡眠方面非常重要的概念，就您说的这个状态，我们早就有这个概念——"思睡"。思睡就是处在一个睡跟不睡中间的状态。这个概念是为了让所有为失眠问题痛苦的人知道，思睡也可以让人得到休息。

王蒙 太可爱了！我早晚要作一篇以"思睡"为题的诗、散文或者小说！平常我们看球赛的时候，运动员在比赛中场休息的时候，休息几分钟，擦擦汗、喝点水，这也叫休息，对不对？

郭兮恒 这个肯定是休息的一种形式，思睡也是休息，闭目养神也是休息。

王 蒙

我还想到一个形式就是静坐,静坐的时候你肯定没睡着,但是静坐是不是也可以起到一部分休息的作用呢?我还想起一个好词,就是老北京话说的"忍会儿",意思是在没有特别好的睡眠条件下,随便找个地方蔫一会儿。这个就是"忍会儿"。

为什么说忍?我有时候会有这种情况。因为人年龄大了以后,随时会有"盹儿意",比如吃饭的时候,血液就会往肠胃集中,人就容易犯困。在没有任何适合睡觉的条件下,我靠在硬椅子上也能睡着。当然这和一口气睡一大觉就不一样了,这时候我可以小睡20分钟,或者打盹儿三分钟,但是就感觉像睡了一大觉一样。有时候家人看我睡成这样,就把我叫醒了。被叫醒的我感到特别遗憾,我的睡相看起来虽然不好,但是我需要的就是"忍会儿"的那段惬意。忍会儿归根结底就是说我在睡眠条件不理想,没有很好的促进我入睡的环境,没有平坦的地面,更没有席梦思,什么都没有，甚至连温度都让我感到不是很舒服的情况下，我还是舒舒服服地睡着了。就像您说的，在地铁站靠着墙也能睡着。这是一种情况。

还有另外一种情况——坐车。车在行驶时的那种颠簸感，特别容易让我打盹儿，我觉得这也算好习惯，您说路上要是堵车您还着急，要能玩俩盹儿该多棒啊！时间过得也快。还有就是坐飞机的时候，我坐飞机出行的时候有一个习惯，就是当飞机起飞的时候，会有很大的噪声，但是这个噪声准能让我睡着，飞机是如何飞起来的，我永远不知道。等再过一会儿我睡醒了的时候，我会特别惊讶，原来飞机已经飞这么高了，空乘人员都已经开始提供送餐送饮料的服务了。我觉得在路上小睡也是一种情况。

最后一种情况就是看电视，说起来不是很特别的事情。到了晚上，我一般不喜欢参加活动，也不爱出去，我不可能去蹦迪，去唱卡拉 OK，喝酒我也不敢，因为喝多了不舒服，所以在家看电视的时候比较多，有时候一边看一边就睡着了。

这样就造成一个什么情况呢？就是你别叫我，你也别关电视，只要电视被家人关掉，听不见电视的声音了，我马上就会惊醒。我会觉得怎么突然没声音了，家人说我睡着了。但是我对他们把电视关掉还是耿耿于怀，他们只能让我边"看"电视边睡呗，反正多开会儿电视，也费不了多少电费。所以我认为像这种零零碎碎的睡眠，不仅对调节一个人的心态有好处，还能让人及时得到休息，甚至会让人感觉入睡是件容易的事，随时就能打起小呼噜来。

随遇而安，说睡就睡

郭兮恒 王蒙老师您这样小睡有没有可能会影响晚上那一大觉呢？

王 蒙 有可能会影响。可是这里就又牵扯到一个问题——入睡可以有各种不同的方式。我经常有这些情况，比如睡前和家人说话，躺下不到两分钟，家人还正跟我说着话呢，我就睡着了，已经听不见了，也不回答了，这是一种情况。

还有一种情况就是躺在床上会翻好多次身，基本都是半个小时左右才能入睡，最长时达到一个小时都还没睡着。但我觉得这个不是问题,这叫什么问题?这说明我有福气,我虽然没有睡着,但是我想躺会儿了,我累了,毕竟本老人已经耄耋之年了嘛。两分钟就能入睡肯定有好处,我也经常这样,但是躺下一个小时以后才睡着也很正常,是吧?假如两口子躺在床上聊会儿天,又或者跟朋友赶在一个房间或者一个场合谈谈心聊聊家常,这不都是合理的吗?

郭兮恒 王蒙老师聊的就是让人感到顺心的睡眠,讲究的是随遇而安。

王 蒙 对,您给总结得非常好。这个习惯也可以自己培养,反正我到现在为止,每天的睡眠时间绝对有7个小时,但也不会太长。如果说睡了8个小时还睡,那我也做不到了。因为我不闲着,闲着是睡不着睡不好的,而且越闲越容易得阿尔茨海默病。反正到我这种年龄,您停止一个运作,相应的身体机能就会衰退,肯定不会越来越强吧？尤其有过失眠这种不愉快的经历的朋友，不要把入睡当成难事。睡眠是生命自带的能个儿，自带的干粮，自带的家伙什儿，是自己身上与生俱来的必备的功能软件，为我所用，为我所享，自动升级，自动修复。有人就是两分钟入睡，有人20分钟入睡，有人半个小时才能入睡，也有人用一个多小时享受平心静气地歇着的乐趣，这说明我们的生活水平越来越好，我们享受了《中华人民共和国宪法》上规定的公民的休息权。那您着什么急呢？

郭兮恒

王蒙老师说得特别好，您讲的这几个方面的问题说明：睡眠有多种形式，不仅仅局限于晚上睡觉这一种形式，平时的打盹儿休息、找个地方"忍会儿"，这都是不同的休息形式。这些形式同样能起到休息的作用。那么这种休息形式，如果在时间、场合合适的情况下，就能很好地起到类似睡眠的作用。如果昨晚睡觉不充足，今天白天就可以通过这种形式补点觉嘛！有个沙发，或者有个椅子，而且手头又没有十分紧急的工作，稍微休息一下，就能在一定程度上缓解我们的睡眠压力，也能舒缓我们身心的疲惫，同时也有利于完成我们接下来即将面对的工作。其实这样的休息就像我们平时按时吃正餐，但是时间没到我们就饿了，那怎么办？那就先吃点零食缓解一下饥饿感。

王　蒙 对，就是这个意思，我觉得这比喻特别好。总有人觉得睡眠需要有仪式感，必须得在规定的地点规定的时间睡着。但其实睡觉跟吃饭一样，没吃饱的话您就随便再吃点东西。

郭兮恒 睡觉是自然而然的过程。大多数人睡眠质量都很好，所以他们睡觉的时候没有什么压力，一躺下就睡着了，他会认为睡觉是世界上最简单的事情。但对于睡不好觉的人来说，他们就会觉得躺下就必须睡着，睡不着就是出现问题了，这就反而使得他们更睡不着觉。他们过分地强调这种仪式感，过分地强调"规定时间入睡"的概念，反倒使他们的睡眠出现了问题。

还要强调一点，每个人的生活方式是不一样的，你会发现有些人中午必须睡午觉，有些人就没有睡午觉的习惯和愿望，因人而异。你有睡午觉的习惯的话你就保持，这样能够帮助你维持一天的正常生活。如果你没有睡午觉的习惯，就不用刻意去追求。

在给失眠患者看病时，我经常会问他们一句话："你睡不睡午觉？"他说："中午睡啊，还会睡一大觉。"这就有可能是他的过长的午觉影响了他晚间的睡眠。所以对于这种失眠的患者，我首先建议他中午尽量不睡，把觉留到晚上睡。因为中午不睡不会感到有多痛苦，但是晚上睡不着却十分痛苦。中午不睡觉，玩会儿手机，聊聊天逛逛商场都可以。而晚间睡不着就会感到长夜漫漫，心力交瘁。所以说对于失眠患者，我首先是这样建议的。但是有的患者会说："郭大夫，即使我中午不睡，晚上也睡不着。"像这种患者，他的睡眠时间肯定就不够了，那怎么办？那就让他中午睡吧。就像到吃饭时间你吃不下，那就在饿了的时候吃点零食，反正都能让他额外完成每天的一部分睡觉任务，所以我会建议他睡午觉。

王蒙　说到午睡，我觉得我挺有发言权的。我在网上也刷到过不少有趣的视频，比如山西的午睡文化，很有仪式感。那我们到底需不需要午睡？

郭兮恒　其实，正常的成年人是不需要午睡的。为什么这么说？因为正常成年人晚间睡一个充足的大觉，就可以保持白天一天所需要的能量，除了特殊情况，不需要再靠午睡来补充能量。您说有的人就需要午睡，就这种情况，我给您解释一下。第一，睡眠受年龄影响。婴儿、儿童是需要午睡的，因为他们正处于身体发育时期，需要较长的睡眠。他们的睡眠也不是通过一段睡眠完成的，可能是通过两段或三段——比如晚间一大段，白天一小段——将睡眠完成的。成年人就是一段睡眠，一般就是晚间一大段。到了老年阶段，一般六十岁以上的老人，就容易出现午睡的情况了，比如他到了中午很容易疲惫、困倦，那就需要午间短睡，所以他的睡眠时间是由夜间的长睡和中午的短睡来完成的。年龄再增加，比如到王蒙老师这种年龄，除了午睡，有可能吃完晚饭以后又得打个盹儿，所以就可能由一个长睡和两个短睡来完成睡眠，这是正常的情况。但如果这个人今年三四十岁，那他需不需要午睡？正常情况下不需要午睡。

成年人午睡，有两种情况：一种情况是他已经养成了长期午睡习惯，这种情况允许你午睡。另一种情况就是原来从不午睡的人，比如二十岁三十岁四十岁都不午睡，到了四十五岁，突然就需要午睡了，那他的睡眠就可能出问题了，需要进行进一步检查。就是说如果你的睡眠习惯突然发生改变，你就要注意自己的睡眠了。

您说的山西人大多有午睡习惯，我可以大致解释一下。首先你会发现需要午睡的地域往往有一个普遍现象，就是这个地方的整体生活方式和工作节奏相对和缓，不是那么紧张急促。其次这些地方中午会有一个比较长的休息时段。比如说一个单位中午 12 点下班，下午 1 点上班，中午吃完饭就到上班时间了，哪有时间午睡？如果中午 12 点下班，下午 2 点上班，中午有很长的休息时间，吃完饭也比较容易犯困，这样就会慢慢形成一个固定的午间作息，可能使人养成午睡的习惯。还有一种情况是，午睡是当地的行为习惯，大家习惯了午睡。

不知道山西是不是这两种情况。至于大家说因为山西人吃面食多，碳水摄入多才需要午睡，我觉得从逻辑上讲是说不通的。不如说因为吃太饱，容易犯困。

优秀者大都少眠，少眠者未必优秀

王　蒙

电影《铁娘子》讲述的是撒切尔夫人的生平故事，其中有个细节我印象很深，是她晚年检查身体时，对医生说自己每天只睡 4 个小时，但感觉很好。拿破仑平常也只睡四五个小时，越到关键时刻他越能掌握睡眠时间。有个典故说大战在即，他看了下钟表，再过 40 分钟要发起总攻，他就告诉勤务官说自己要睡一会儿，总攻前叫醒他。说完不到两分钟，就打上呼噜了，还差三分钟就要发起总攻时，他"啪"一下就起来了，他能做到睡眠自控。

还有我们前面提到过的露丝·巴德·金斯伯格大法官，她常年每天只睡 2 个小时，工作到凌晨两三点是常态，肯定也算睡眠剥夺型的人。他们是名人、优秀的人，是大家的榜样，但不是因为他们睡得少所以很优秀。抛开这些优秀的人，别人睡得少就一定也会优秀吗？显然不一定，而那些优秀的人，他们的正常睡眠可能也需要 7—8 小时，但因为优秀而承担了更多繁杂的工作导致没有时间多睡，并不是说他们睡得少就是正常的。

郭兮恒　金斯伯格是一位伟大的女性，但是她的身体构造跟我们普通人一样。你如果了解金斯伯格，会发现这位大法官的睡眠时间短是由于生活、学习和工作压力造成的，每天都有很多事情需要她解决，她只能通过压缩睡眠时间来获取更多的工作时间。我觉得如果时间充足，她一定会多睡一会儿。

那她会不会是我们曾经讲过的高效率睡眠的人呢？会不会她的深睡眠很多，占总睡眠时间比例很高，所以睡眠时间就是短呢？如果她是过着悠闲自在的生活，这可能解释得通。可事实上，大多数时间她都在为生活、学习和工作奔波，需要思考的问题和处理的事情堆积如山。从睡眠的功能来说，她的负荷使得她应该需要更多的睡眠。在睡眠问题上，她不会是位超人，她睡2个小时也不会比我们睡8个小时更好。

撒切尔夫人说她每天睡4个小时，我觉得这是病态睡眠。撒切尔夫人每天睡4个小时是绝对睡眠不足的。我判断她的说法有两个可能性，一个就是撒切尔夫人实际上每天要睡8个小时，她为了故意表现自己多么勤奋，才故意标榜只有4个小时的睡眠。另一种情况就是撒切尔夫人有可能因为工作的繁重存在睡眠剥夺的问题，工作习惯造成她睡眠时间过短。或者她实际就是一位失眠患者。你知道撒切尔夫人后来怎么样了？她后来得了很严重的阿尔茨海默病，那么睿智的女性怎么会得这种病呢？我认为跟她长期睡眠不足有关系。

王蒙 她没读咱们这书，要读了咱们这书就不会得病了，哈哈。这些优秀的人，在他们擅长的领域做出过杰出的贡献，我们要向他们致敬，但是我想就健康来说，他们的睡眠时间、睡眠习惯绝对不是大家学习的榜样。他们不是因为少眠才优秀，而是因为太优秀而不得不少眠。

郭兮恒 对，我还是要强调大家每天一定要满足7到8小时的睡眠时间。我发现一种现象，如果想要说明一个人如何伟大，经常会提及睡眠的问题，说他与平常人不一样，他每天睡眠时间如何如何短，等等，就好像他是个神仙一样。可事实并不是这样！就拿历史上的拿破仑来说，他每天的夜间睡眠时间确实很少，晚间只睡3到4个小时，他经常在凌晨3点钟起床对秘书口授文稿，这说明他是位失眠患者。但是他又经常利用白天的空闲时间休息，有时在两次接见的5分钟间隔里，也要打个盹儿，这说明他有白天嗜睡现象，经常发生片段性睡眠。普鲁士的弗里德里希大帝也具有这种速睡的能力，比如被接见的人刚走出门槛，他就已经打起呼噜来，这说明他存在白天嗜睡的症状。美国发明家爱迪生每晚只睡4到5个小时，年轻时他有时连续工作几个昼夜不睡觉。我判断他存在睡眠问题，高度怀疑是失眠和焦虑。大家是否思考过这样的问题：有些人为什么会那么优秀？为什么优秀者往往睡眠时间比较少？根据我40多年的临床经验，我的观点是：有些优秀的人由于焦虑才更加优秀，但焦虑又影响了他的睡眠。甚至也有患者误认为睡得少一点，就有更多的时间做事。我们曾做过这样的实验，想方设法让受试者几天不睡觉，结果所有人都说感觉头昏脑涨，注意力不集中，判断力和记忆力明显减退，情绪烦躁不安，易怒，表情呆滞迷惘，甚至出现沮丧、多疑和幻觉等症状，更有些症状和精神病非常类似。这就是睡眠剥夺的试验。一旦允许受试者睡觉，他们很快就会进入沉睡，由浅睡眠进入深睡眠，而且比平时更加快地进入做梦的睡眠，做梦的睡眠出现的次数和维持的时间都比平时多和长。这说明睡眠被剥夺后，做梦的睡眠补偿的要求最为强烈，这也证明做梦的睡眠对于我们特别重要。任何做梦的睡眠剥夺都会产生强烈的补偿和反跳。虽然拿破仑总希望从睡眠中节省时间，甚至曾经强迫自己连续2到3晚不睡觉，但结果却事与愿违，因为他抵挡不住"瞌睡虫"的侵袭，经常在白天办公时间沉入梦乡，而且整天头昏脑涨，记忆力差，办事效率下降。

因此，不论多么优秀的人，他的生理解剖和普通人都是一样的。

40多年前我就开始做睡眠的临床和研究工作，这就意味着我要在患者睡觉的时候工作，我不得不在夜间剥夺睡眠，然后白天再补觉。这样的工作一做就是几十年。那我的睡眠怎么样呢？幸好我自身的睡眠调节能力比较强，又能及时利用空闲时间补觉，直到现在我的睡眠还是非常好。我在出诊前，如果有15分钟空闲，我就可以美美地睡一觉。等到出诊前两分钟，我就醒了，都不需要人叫醒我。

　　20世纪80年代我在读研究生时，一个宿舍6个人，有室友说凌晨3点半要去火车站接人，让我夜里叫醒他。我3点钟就醒了，起来叫醒室友后，翻身我就又睡了。有趣的是曾有一次我已经叫醒他了，他一翻身又继续睡了，我也回到床上继续睡了，第二天他说我忘记叫醒他了。我就询问大家说："谁听见我叫他了？"有人就说："我做证，我听见郭兮恒昨晚叫过你了。"我就跟那位同学说："你看吧，我确实叫过你了，但是你并没有完全醒来，又继续睡了。我的问题是没有做到让你觉醒的时间足够长。"这说明在睡眠期间，如果觉醒时间过短，少于30秒，你可能难以维持觉醒的状态，甚至不记得曾经觉醒的经历。

睡眠质量与年龄有关系

郭兮恒 　　睡觉还跟什么有关系呢？跟年龄有关系。一般刚出生的孩子，睡眠时间都特别长，睁开眼睛不是喝奶就是大小便，然后马上就又睡着了。所以他们处于睡眠状态的时间很长，醒的时间是比较短的，而且一天 24 小时当中可以睡很多次。这是婴儿的睡眠形式。随着他们慢慢长大，睡眠时间会逐渐缩短，醒的时间会越来越长，夜里的连续睡眠可能会觉醒 1—2 次，白天还会睡眠 1—2 次。等他们再长大一些，你会发现他们的睡眠形式又变了，晚上开始睡长觉了，中午或下午再睡一觉，等于24小时内睡两觉了。在十几岁这个年龄段对睡眠的需求量还是比较大的，入睡快、抗干扰能力相对也强。等到了成年，就是晚上睡一大觉，白天一天不睡觉都没关系，这就是成年人的睡眠规律。等进入老年阶段，比如到了王蒙老师这样的年纪，睡眠规律又发生改变，发生什么改变呢？夜间可能是连续或不连续睡眠，睡眠比较浅，中间容易出现觉醒，睡觉的时间长度与中年时期类似，但入睡时间和起床时间都可能会前移，也就是经常早睡早起。在中午和下午的时候常常想小睡一会儿，打个小盹儿。睡眠障碍出现的概率会越来越高。年轻人的深睡眠多，做梦的睡眠时间也长，抗干扰能力强，不容易觉醒。老年人睡着了有点动静就醒，这属于正常的现象，这就是老年人睡眠的特点。

婴儿和儿童的睡眠，在24小时内发生多次，这种睡眠形式叫多相性睡眠；老年人睡眠也常会发生多次，除了夜间，还会在午间或者晚饭后发生，因此也是多相性睡眠。老年人的睡眠形式似乎又变回到儿童时期的睡眠形式，当然中间成年人时期常常是单相性睡眠。这就是睡眠形式的变化周期：儿童（多相性睡眠）—成人（单相性睡眠）—老年人（多相性睡眠）。解读您的睡眠形式，分析您的睡眠特点，如果与您所处的年龄段是一致的，就不是病态睡眠，我觉得这样就算正常。

我们怎么理解呢？我给病人经常会打个比方：睡眠就像你给手机充电一样，你的手机如果是一个新手机，你充一次电可以用好几天，能维持一个比较长的续航时间。当手机用了很长一段时间以后，那它续航时间就变短了，且需要很短时间就要充一次电。就是说对于我们一般人来说，如果睡眠足够的话，我们能够维持一整天的健康状态，不至于疲惫困倦。

当然老年人的多相性睡眠与儿童的多相性睡眠的睡眠结构和睡眠质量可能完全不一样了。老年人的睡眠主要体现在睡眠质量下降。我们对老年人进行夜间睡眠呼吸监测时，通过脑电波可以看到，老年人的脑电波信号变弱了，起伏变小了，很难看到宽大起伏的深睡眠脑电波，睡眠的周期性变化不鲜明，或者说趋向紊乱。因此，我评价一个人的睡眠是否健康，首先要比对他的睡眠过程是否符合他的年龄的睡眠形式。不同的年龄阶段发生睡眠的时机在变化，睡眠周期在变化，睡眠结构也在变化。这是自然衰老变化的结果，不能称之为病。

以王蒙老师为例，王老三十岁时睡7个小时和现在睡7个小时，那是完全不一样的睡眠。年轻时睡7个小时，深睡眠和快速眼动期睡眠的比例高；现在年龄大了，深睡眠就少了，浅睡眠多了，所以夜里会更加容易觉醒。

曾有位七十多岁的老人找我看病，对我说："郭大夫，我是外地的，专门来找你看病来了。"我说："老人家您怎么了？"他说："我睡眠特别不好，年轻的时候躺下随时都能睡着，睡得可好了，打雷都吵不醒我。可现在怎么周围有一点动静我就醒了，白天我还经常打盹儿，总像睡眠不够似的。"经过我详细询问他的睡眠行为细节，结合特殊的评价方法，我判断他的睡眠没有明显异常问题。我就跟他说："老先生，您的年龄比较大了，您这种睡眠形式很正常，并不需要治疗，这是正常情况。"我给他进行了详细的解释，消除了他对睡眠问题的担忧。其实，关于睡眠的需求量，我前边说过多次，是因人而异的。再就是还要注意，人们在不同年龄段睡眠的行为方式都是不一样的。别跟自己的身体和年龄较劲，要接受睡眠会随年龄变化的现实。

王 蒙 我有的时候跟您这位七十多岁的病人差不多，我吃完饭以后过 20 分钟，肯定会打个盹儿，我觉得就是消化系统集中的血液太多了，导致脑供血不足，您说这是普遍现象吗？

郭兮恒 成年人的睡眠有这样一个典型特点：在特定的阶段发生。比如 24 小时当中的白天我们不睡觉，到了晚间开始想睡觉，到了夜里会进入梦乡，一直睡到第二天早晨。这就是我们正常的睡眠过程，叫连续的完整睡眠。当然中间可以有觉醒。当我们年龄渐大，睡眠的完整性也开始变化，到老年时晚间的睡眠连续性变差，白天也容易发生片段性睡眠。打盹儿就属于片段性睡眠，经常发生在吃完饭以后，或者疲劳以后，甚至在没有太多的兴奋刺激的情况下。这种打盹儿式的片段性睡眠容易发生在不该睡觉的时候，或夜间睡觉的时候，表现就是反复短睡，反复觉醒。老年人身上发生片段性睡眠一般不需要特殊干预，如果有明确的病因的话，可以对因处理。片段性睡眠本身就是老年人睡眠的一个特点，是人体为了应付身体老化所做出的代偿反应。

但是如果年轻人经常发生片段性睡眠，或者年轻人在白天经常发生困倦的现象，这是不行的。这说明年轻人的睡眠肯定有问题了，他们所处的年龄段就不应该经常发生片段性睡眠。那年轻人白天的片段性睡眠跟什么有关系？一般跟夜间睡眠剥夺有关系，特别是整夜不睡觉的年轻人，白天必然会出现片段性睡眠。如果年轻人夜间能够进行完整的睡眠，白天就不应该经常发生片段性睡眠。白天的片段性睡眠是他们的一种补觉形式。

所以说老年人可以通过白天的片段性睡眠来弥补睡眠，改善睡眠。老年人的片段性睡眠既是一种生活方式，又是一种缓解疲劳的方法。有些老年人会把午睡看得非常重要，中午哪怕睡5分钟，或者躺一会儿，下午的精神状态就会很好；如果中午这段时间没有任何休息，那下午可能就什么都干不了。这是人体老化以后产生的现象，对老年人来说这种情况的确比较普遍。

春困秋乏夏打盹的原因

王　蒙　咱们有句老话："春困秋乏夏打盹，睡不醒的冬三月。"这种说法有没有什么科学依据呢？

郭兮恒　咱们就讨论一下这句大家常说的话的缘由。大家为什么这样说？首先你会发现这个说法里面都是以季节为单位，强调的是不同季节与睡眠的关系。在季节变换过程中，人体的感受也会不一样。我举个例子，冬天晚上6点钟的时候，外面天就已经黑了，早晨7点天还没完全亮，这就是冬季的特点。这个时节夜晚时间很长，黑暗的环境会让人想睡觉，想休息。天还黑着，给人的感觉还是睡觉的时间。冬季长夜就是暗示你可以睡得时间长些。天不亮，睡之有理。同样的道理，每个季节白天的时长都有变化，白天会让人比较兴奋，在光的照射下人的精神状态比较好。这也是临床上用专业医用灯光治疗失眠和睡眠时相异常的病人的原因，这种灯光可以调节睡眠时间，纠正睡眠节律紊乱的问题。比如从冬天向春天转换，春天的白天时间会越来越长，可是之前你已经适应了好几个月冬天的夜间时长，现在春天的黑夜时间逐渐缩短，那你每天睡觉的时间也会逐渐缩短。本来在冬季能睡七八个小时，现在天亮得早，你只能睡 6 个小时了，这个过程就会让你感觉困倦疲惫。

所谓"春困秋乏夏打盹，睡不醒的冬三月"这个说法，实际上就是您的睡眠时间长短受到您所处的季节的昼夜差异影响，这种不一致的变化给您带来睡眠和困倦的暗示。

王蒙

我这儿还有一个问题，我这是越外行越敢瞎想瞎说。有一种说法是春天的时候新陈代谢比较快，这个我可是深有体会。每年快到春节的时候，一直到次年春分为止，一年中因各种疾病去世的人这个时段最多。不信您搜索一下数据资料，许多人都是在这个时段永远地离开了。所以我想这是不是和人在季节交换的时候，产生的新陈代谢变化有关。

我甚至还有个想法，"春困秋乏"还有什么原因呢？就是春天和秋天的时候，天气不过冷也不过热，睡眠的情况反倒比较好，是吧？夏天的时候很多人睡不好，不仅是因为天长，白昼光照不利于睡眠，还因为天气热，人一直出汗，睡眠情况就不会那么好。

冬天我家里供热挺好，但是，供热再好，后半夜跟前半夜的室内温度都是不一样的。有时候我睡着不想醒的时候，就开始觉得温度有点凉了，一旦被凉醒了，就再不想睡了。所以我觉得睡眠情况跟这些客观条件也有关系。

睡眠也是一种生活能力。能睡觉的人通常生活能力也非常强大。您想他能睡得着觉，说明什么？说明他能调节自己。好事也好坏事也好，从心理学来说，好事过于兴奋和坏事过于沮丧，对人的身心的摧毁作用是一样的，所以我们都要有身体自我调剂的能力。

心平气和是快速入睡的秘籍

郭兮恒

醒和睡是人们生存的两种状态。在清醒时，我们要面对日常工作、学习，或者跟王蒙老师聊天等情况，这些都是清醒的活动状态；还有一种形式是睡觉休息。前面我们也提到过，清醒时我们的交感神经兴奋占优势，睡觉时迷走神经兴奋占优势。您在交感神经特别兴奋的时候上床睡觉，脑神经活动难以转换为睡眠状态，肯定会表现为入睡困难。睡前的心理状态是影响醒和睡这两种状态转换的重要砝码。

王蒙：那郭老师，您的睡眠怎么样呢？

郭兮恒：我的睡眠非常好，调节睡眠的能力比较强。即使在白天，只要我想睡就能睡得着。有一次在电视台录节目，有一个环节就是让我现场演示白天说睡就睡的功夫。为了用客观指标证明我醒或睡的状态，我让睡眠技师给我连接了睡眠脑电图，在摄像机记录下，实时监测我的睡眠过程。开始计时后，我闭目不到三分钟就睡着了，在脑电图上，相继出现一期睡眠和二期睡眠脑电波特征。我怎么做到的呢？其实，我也不知道我为什么会有这个能力，但是我认为睡前心静如止水是特别重要的因素。我们医疗人员工作非常繁忙，在门诊，每位进来的患者都是一道考题，我不知道这个考题是什么，患者就是来要答案的，而且需要立即回答。所以医生的脑子长时间处在高度兴奋状态，思维还要快速切换。等到下班回家了，大脑极度的透支会让人感到精疲力竭，但是大脑还沉浸在亢奋状态。这时候我就要转换思维内容，用新的内容替换白天的内容，使亢奋的状态得到抑制，心情获得放松。在我睡觉前，我已经把医院工作的内容基本清空了，回到家就简单面对家里的事，让自己尽量做到心平气和、心静如止水，入睡就变得自然而然了。睡前清空杂念的做法是快速入睡的秘籍。

王 蒙

呦！您这个厉害，您给讲讲怎么清空呢？

郭兮恒

我认为睡前心态平和就能把交感神经的兴奋度降下来，这就是所谓的心平、心静。有时我上床后和爱人说说话，比如随便和她聊件事儿，在她回答我时我就已经睡着了。第二天早上她就说，我和你说话时，你连听都不听就睡着了。

给睡眠障碍患者看病时，我问得最多的问题是："您在睡不着觉的时候都在干什么呢？是不是脑子里胡思乱想？"他们往往都会说："对，白天想不起来的事睡前都想起来了。"这就让他们的大脑的兴奋度又提高了。可见睡眠障碍患者在睡前要做到心静如止水是多难啊！如何让自己在睡觉时控制住自己的思绪，不要胡思乱想呢？有一个方法就是数羊。所谓数羊的概念，是从英语转化来的。睡眠的英文读音是 sleep，羊的英文读音是 sheep，这是用谐音原理转移你的注意力，用数羊的行为替代不可克制的思绪。您想想数羊这件事是多么单调无聊啊！数羊的过程能让您暂时忘记烦心事，使您放松身心，自然而然就睡着了。记得在我女儿小的时候，让我给她讲睡前故事，我讲得越精彩她越兴奋，后来实在没有办法，我就背化学元素周期表给她听，她听不懂，觉得非常无聊，一会儿就睡着了。之后这个方法就成为我哄孩子睡觉的法宝了。

王　蒙　我也有类似的经验。晚上跟爱人正说着话呢，聊着聊着我就睡着了。第二天说起这事，她问我

说:"你为什么不听人讲话就睡着了?"有一次我灵机一动说:"是因为你说的我都同意!怎么说得这么对呀!想的跟我都一样,我还搭什么话茬儿啊?真是知我者莫过我老伴也!"

睡不着的时候,我还有个小技巧,和您不一样。我是擅长写作的人,吃"字儿饭"的,词儿多,我就先想一个字,然后再找一个必须和这个字毫无关系的另外一个字。比如想到"张"字,下个字想到"小",就可能是"张小二",能关联上,那"小"字就不行;那"大"呢?可能是"张大哥",还是不行,那就再想"树",这字和"张"没什么关系,就是它了。这个办法我想着不费劲,又不至于让我更兴奋,我会尽量在我能控制的很小规模下进行这种文字催眠游戏。

考前睡眠是个坎儿

王蒙 当年咱们国家第一次实现载人航天飞行的英雄是杨利伟。我记得当时的报道中有这么一种说法：航天飞船发射之前有三位备选的宇航员，其中就属杨利伟睡得最踏实，跟什么事都没有一样，该怎么睡还怎么睡。所以最终是他代表我们人类去了太空。

郭兮恒 当时我们国家第一次载人航天的备选宇航员的"种子选手"有三个人，杨利伟就是三号，前两位宇航员的各方面条件特别好，都优于杨利伟。

您说这个时候杨利伟是什么心态？一般的第三名都会想："肯定是一号上，假如一号不行还有二号，我三号肯定没戏。"我揣测他是这样的心理状态。如果杨利伟是一号的话，我估计他也得紧张，一号二号经过心理测试后，显示结果都是相当好的。可是面对这么重大的事件谁的心理都会出现起伏。发射前几天的睡眠监测结果显示，他们的睡眠都发生了某些变化。我们通过特殊的无干扰的睡眠监测设备实时观察他们的睡眠、心率和呼吸等生理指标，比较他们的睡眠连续性和睡眠质量，发现杨利伟睡眠质量特别占优势，综合评估后认为他在"大战"前睡得最好。而这一点对于完成如此艰巨的任务可以说非常重要，因为升空后他们几乎没有睡眠的时间。这样三号杨利伟就脱颖而出获得这次首航机会。

我国培养的宇航员，别说一号二号了，甚至往后排到十号都是特别优秀的人才，彼此的差异微乎其微。能够拉开距离的可能就是心理状态和睡眠质量了。这个事例也说明有时心理的问题超越了身体的问题。

心理状态是影响睡眠的第一大要素。

王 蒙

在生活中我们经常碰到一些很棘手的实际问题，比如高考前夜，很多学子平时都能睡得很好，就到那两晚睡不好觉。除了这些考生，就我们平常人来说，谁要是第二天有什么事，头一天晚上都容易睡不好。郭主任您说这种情况正常吗？

郭兮恒

人是有思想的高级动物，每个人的情绪都可能会受到心理因素影响，这本身是一个正常的反应。比如说有人跟您吵架了，您会生气、着急。如果您遇到一件极度悲伤的事情，您又会哭，哭泣的行为就是您悲痛情绪的反应。如果大家都面对同样的突发事件，可能都会有类似的情绪变化。也就是说情绪与环境是一致的，这是正常的。如果考生第二天要高考了，前一天睡不着，这种反应是正常反应，不是病态反应。

王　蒙

我记得应该是1952年,那时候我已经在区里的团委工作,有一次我骑一辆破自行车去参加会议——其实我是个爱睡觉的人,但是那天的会开得我兴致起来了!一直到凌晨1点半快2点才开完会,我骑车回去。我骑着自行车,您猜猜怎么了?我睡着了!脚还在下面蹬着,骑着骑着我都要倒了。我感觉自己睡了可能有十秒或者一分钟,意识才出现判断,马上清醒过来。所以我就想告诉那些苦于失眠的人,一定要相信,在这个世界上其实睡觉是一件很简单的事,甚至骑着车也能睡一觉。

郭兮恒

我再举个例子,有一位睡眠障碍患者,年龄只有二十六七岁,也是睡不着觉,我说你这么年轻怎么会睡不着觉呢?经了解,是因为她把睡觉当作一个重大的任务,她睡不着时觉得特别痛苦和恐惧。我给她制订了辅助药物的调整方案,选择最适合她的药物进行治疗。后来她感觉睡得越来越好。但在复诊时她又顾虑重重地问我:"郭大夫，我要吃多长时间药？我是不是不能离开药了？"我问她结婚了吗，有孩子吗，她说结婚了但还没有孩子，但是她马上计划要孩子了。我说你别着急，等你开始带孩子的时候，保证你的觉都不够睡了。后来她生过孩子再来复诊时说："郭大夫，甭说吃药了，我现在抱着孩子，他不睡觉我都能睡着。"

在经历高考的那几天，很多考生可能都睡不好觉，越临近高考的时候越睡不好，我们来分析两种情况：一类考生认为自己考不上名牌大学，他会想反正我也考不上，北大清华等知名高校跟我没关系，我也没这想法，反倒轻松了，可能还睡好了，甚至还超水平发挥了；另外还有一类考生则容易忧心忡忡，预先把负面结果想得过多，负面的情绪会影响他们的睡眠，更加影响考场发挥，容易临门一脚倒在睡眠的坎儿上。其实世间万事万物有各种各样的规律，也有各种各样的运气，有时候实在不必过于杞人忧天，顺其自然反而会有意想不到的结果。

王　蒙　我岁数越大越知道，你忧虑管什么用？你盼望管什么用？谁都希望自己的生活顺利，但是你想它顺利的话，首先你自己一定要有一个健康的身心状态。其实高考那么多考生，大家都有压力，但绝对不会都睡不好觉，只有一部分睡不好。

郭兮恒　没错，我们说人体的调节能力或者这种调节的弹性空间是很大的。比如发生战争的时候需要上战场打仗，战斗可能会持续两天、三天甚至更长时间。战斗的情况可能不容许你睡觉，那怎么办？有两个办法：第一个办法，打仗前好好睡。战争打了两天，之前睡好觉的战士打起仗来还是精力充沛、英勇威武的。交感神经的过度兴奋又可以抵抗困倦来袭。但有人不睡觉就根本睁不开眼睛了，怎么办？这第二个办法，就是服用一种特殊的药，吃药后就不感觉困倦了，作用可以持续两三天。这样战士的战斗力就会大大加强。

再说一个我临床的病例。这位患者不是因为

高考紧张睡不着觉，而是由于他太能睡觉了。他平时在教室考试答题的时候都想睡觉，甚至答着题的时候都能睡着，完全控制不了睡眠。这孩子的家人就来找我求助："郭大夫，我的孩子连考试答题时都能睡着，这马上高考了，您说怎么办啊？我也不能进考场去叫醒他。"我一检查发现这个孩子确实特别爱睡觉，你让他玩游戏他都能睡着，吃饭时也能睡着。我还见过一个患者炒菜的时候睡着了，结果把脸贴在炒菜锅里。这是嗜睡症患者的一种表现，需要治疗。

高考对于每个考生来说可以算是人生最关键的时刻，于是我跟这位家长说："你放心，我给你想办法！"我给他开了几片特殊药，然后说："高考这几天，考生早晨考试之前，吃一片药，可以保证考生一天的清醒状态。"那位家长后来告诉我，他的孩子出乎意料地全程不睡，顺利地完成了考试，后来被一所理想的大学录取。

王蒙　　　我觉得古时候科举考试才惨哪！他们那时候

就只能忍，第一天考完了以后第二天还得接着考，吃喝拉撒都在那一个小小的考生间里。

我想跟您请教一个问题，也是我感兴趣的一个话题，比如孩子平常的学习不错，但是这两天马上考试了，这孩子显示出一种过分不踏实的情况，这时候给他吃半片安定行不行？

郭兮恒

有一种状态，是我们平时所说的运动员的竞技状态，也就是学生临场发挥的能力。有的孩子可能存在这个问题，就是临场发挥不好。原因是他在考试的时候，调用大脑储备的知识的时候，不能有序调取，可能存在紊乱情况，比如这个题本来他会做，但是思维出现混乱，一紧张就忘记怎样做了，这种情况就会影响他的发挥。那怎么办？我的建议是可以考虑服用半片安眠药，但要注意在什么时机吃。如果他的睡眠本身就不好，那就让他在考试前的半个月或一个月的时候吃。这样可以通过药物来提高他的睡眠水平，同时也有利于强化他的记忆力。

有人做过实验：把几个孩子分成 A、B 两组，同时教他们 20 个英文单词，从早上起来开始教。教完单词后，A 组的孩子就让他们去玩，B 组的孩子则去睡午觉。到了下午开始考试，结果发现 B 组的孩子记的单词特别多，不睡觉的 A 组的孩子却没记住几个单词。所以睡眠对孩子的学习能力和记忆力是非常重要的。

暗示疗法治失眠

王　蒙　我觉得咱们有些交通安全的标志有点傻，比如说"请勿疲劳驾驶"的标志，画面是一个人开着车的时候睡着了。我就觉得一个司机要是这一路上频繁看到的都是这种宣传画的话，非睡着了不可。你应该画一个精精神神的人，表示这个人从来不疲劳驾驶，这多好！我不是心理学家，也不是病理医生，但是我就觉得有些交通安全宣传画有点奇怪，因为看多了我都觉得困。

郭兮恒　针对睡眠来说，暗示作用是很强大的。现实生活中每个人的性格都不一样，有的人是外向型性格，有的人是内向型性格。失眠的患者常有的表现就是他特别容易被暗示，因此更容易发生失眠。这样的人容易对某种事物特别关注。比如咱们现在讨论喝茶的问题，喝茶对身体有很多好处。可是茶叶有可能有一些农药残留，不过只要质量检测合格，其含量和影响可能微乎其微，这就不会成为问题。但失眠的人就会非常留意这个负面危害，会暗自夸大农药残留的影响和感受，而恰恰这种对特别信息的关注度就会造成他交感神经过度兴奋，然后导致睡不着觉。失眠的病人容易接受暗示，或者更容易受负面信息暗示，就更容易影响睡眠，引发睡眠障碍。

临床上我们也会利用睡眠障碍者容易被暗示的特点，采用暗示的方式来帮助他治疗睡眠问题。我曾有这样一位患者，他说："郭大夫，我睡不好觉，常常吃安眠药都睡不着。"我说："那你今晚到我们睡眠中心来，我给你做一个监测，看看你晚上睡觉到底怎么样，查查是什么原因导致你睡不着。"晚间他在睡眠中心翻来覆去地睡不着觉，最终他按了病房床头前的呼叫器，我就带着我们的医生护士来到他的床前。他说他根本睡不着。我说："那我给您吃一片安眠药吧。"我就跟我的助手使了个眼色，说："你去把那个效果最好的安眠药给他拿一片。"我的助手明白我的意思，说："郭老师，这个药已经没几片了。"意思就是他舍不得拿，我俩就演戏，我说："那也不行，这个药效果特别好，特别适合他的情况，得给他吃，今天晚上必须保证他睡着觉。"这就是暗示，这位病人在拿到药之前，就对这个药产生了很大的期待了。到了第二天早上，他去找我说："郭大夫你真行，够意思，这一晚上我睡得好极了。郭大夫，你这什么药啊？比我原来吃的药的效果都好，我要吃郭大夫的这个药。"

其实我夜里给他的这个药根本就不是什么安眠药，但是我利用了暗示作用起到了比安眠药更好的治疗效果。我还要说明一下，对于不容易被暗示的人呢，单纯用这种做法的效果也许就不大了。他该睡不着还是睡不着。

王蒙

有人说风声、雨声这种自然声有助于睡眠，现在有好些人睡前都用手机播放白噪声，据说催眠效果还不错。我耳背了以后，睡觉的时候就会特别注意与声音有关的事情。比如赶上这天有点什么原因睡得不够好，在我有意识地让自己快睡的时候，因为耳背，我就会想，我现在是不是听到了点什么声音？是不是外边有点声儿？是不是还有人说话的声音传过来呀？这样的话就会分散自己的注意力，过一会儿我也忘了我是否真的听见了什么声音，但是就睡着了，真是有这种情形。耳背的话，你就会特别想听到某种声音。您知道我是写小说的，有时候我会发挥想象：哎呀，我听到了一只布谷鸟的声音，听到了一出戏，还听到了那个假嗓儿在那儿哼哈地唱……这种想象的好处就在于可以分散自己的注意力。

郭兮恒

王蒙老师讲的这个问题就真正触及刚才提的这个方法的治疗作用，也谈到了发生失眠的一些原因。

第一，为什么这些风声、雨声或者是自然界的声音能影响睡眠呢？我发现失眠的患者有个最大的特点，就是在他辗转反侧睡不着觉的时候，特别容易胡思乱想。这种时候他是控制不了自己的，他会无法克制地去想，而思虑的过程就会使他变得更加兴奋，难以平静下来进入睡眠，这常常是睡不着觉的一个很重要的原因。那这种情况下，我们就要利用一些特殊手段和方法转移他的注意力，让他从纠结的思虑中解脱出来。就像王蒙老师讲的那样，你要设计出一种新的场景，让他去关注这件事，不要再关注之前思虑的事。如果天天想你的房贷、车贷交没交完，还差多少，还要交多久……这些事会让你的心理产生很大波动，会让你的大脑更加兴奋，导致你不能入睡。人们对自然界的声音都很熟悉，那些平和、单调的声音大多和失眠者的纠结没有任何关联，当你用心去听的时候，就会抑制或代替你平时的胡思乱想，产生和你现实生活无关的宁静的浮想，其本质就是让你把注意力转移到其他方面。当脱离了现实的纠结和不可克制的思虑之后，你可能就会安心地睡着了。

第二，就是应该转移到哪个方面最好？比如让你去看个电影，这电影主角好看、枪战激烈，让人兴奋，这肯定不行。除非电影特别单调、枯燥、无聊，让人提不起兴致。再比如有的人跟你说"我爱你"，这让你很兴奋，但要是有人一直在说"我爱你"呢？说一百遍一千遍一万遍，你可能就感觉听麻木了，这是同样的道理。你想想，风声、雨声和自然界的其他声音是什么声音呢？大多是一种重复的、单调的、无聊的、没有刺激性的声音。首先这些声音本身就没什么内容，但又确实能吸引你的注意力，不会引起你的兴奋，产生了让你平静下来的作用，这样就间接地起到了助眠的效果。

王　蒙　你刚才说的这个，让我想起来一种在我临时打盹儿时让我快速入睡的声音——交通工具发出的声音。我听到汽车、火车等发动机的声音，就会开始打盹儿，飞机起飞我也会开始打盹儿。这个对我太有效有利了，你说是吧？因为在车上、飞机上你不睡觉，穷极无聊，看报纸还毁眼睛，结果它们发出的声音能让你打盹儿，这样一下车或者飞机，你精神状态良好，马上就可以进入工作或者学习的最佳状态。

郭兮恒　我觉得您利用了可以休息的时间充分休息。人在困倦的时候做什么事情效率都很低，那就不如好好休息。所以疲乏困倦了，你需要休息时就寻求机会睡觉。这时候往往睡得还挺舒坦，不是说非得在席梦思上才能睡好。当然，人的体质和睡眠习惯不一样，有的人像王蒙老师一样在汽车、飞机上可以睡着，有的人却是一上汽车、飞机就睡不着了。不过，在飞机上爱睡觉的人是居多的。

王　蒙　居多是吧？因为飞机噪声大，不可能让你有很清醒的思维，就容易让人犯困。你看那些很早起来坐班车的人，上了班车以后，你很少看到有人在那儿看手记、聊天，都在干吗？大多都在打盹儿。晚上下班的时候就都在聊天、看手机。其实早上他们还没完全从那种睡眠状态中清醒过来。

驾照应设睡眠评估

郭兮恒

王蒙老师讲的小睡非常重要。临床医生讲话特别严谨，小睡一定要看条件是否允许。您坐车、坐飞机可以小睡，但是开车的司机和飞机驾驶员睡着了可不行。所以从事一些特殊行业工作以及在特殊的场合下，是不能随便打盹儿的。开车需要集中精神，实在困得不行了，您再找一个合法合理的地方停车睡一会儿。我有一位来自山东的患者，15年来经常白天困倦嗜睡，一直不以为然，经历三次交通事故之后，他再也不敢开车了。在我们呼吸睡眠中心检查后证实，白天嗜睡的元凶是打鼾与睡眠呼吸暂停。三次事故均因他白天开车时不自觉入睡,这才寻求睡眠医学专家的帮助。这样的病例已经不是寻常的小睡,是属于严重的白天嗜睡。

还有一位记者,经常在采访别人时就发生不可克制的嗜睡,经过我的检查后,确诊为典型的发作性睡病。我建议他不要申请驾照了。我们现在强调禁止酒驾,可是睡眠不足同样可能造成类似酒驾的后果。有研究表明,对于开车的人来说,17个小时不睡觉就相当于血液中包含了0.5‰的酒精。现在很多年轻人夜间晚睡或者少睡,也会出现白天嗜睡的症状,开车打盹儿的情况更是屡见不鲜,给他们的学习和生活带来很多麻烦。2018年,美国有统计显示,在美国所有的交通事故中,因为睡眠障碍引发的高达38%。

王　蒙　　居然占这么高的比例?我觉得美国人太缺少睡眠了。

郭兮恒

这只是其中一个数据,还有第二个数据:在恶性交通事故中,即在车毁人亡的严重交通事故中,有87%是因为睡眠障碍引发的。也就是说,绝大多数恶性交通事故往往跟睡眠障碍有关。这种睡眠障碍在咱们国家不叫睡眠障碍,常常被称为疲劳驾驶。为什么会发生疲劳驾驶?因为司机累了,他们没有得到充分的休息或者睡眠。这时候,缓解疲劳最有效的方式就是打盹儿,疲劳驾驶的本质就包含了睡眠障碍的问题。对他们来说,及时充分的休息,就是保证交通安全的前提。

我还有一位患者是职业司机,据他自己讲,有一次领导因为什么事情批评了他,当天下午他就把单位的车给撞了,没过两天他把单位第二辆车也撞了。大家都有点奇怪,觉得他可能是故意的,但是也都不好意思说他。等又过几天,他把单位的第三辆车也撞了。单位领导找他谈话:"你这是什么意思?闹情绪能这么闹?你有什么意见就说出来,你这样给单位造成多大的损失!"他赶紧解释不是闹情绪,是因为夜里休息不好,开车的时候睡着了。为什么休息不好呢？因为领导那天批评他了，他晚上回去睡不着觉，精神特别紧张，结果第二天更困，开车的时候打盹儿，导致撞车。再加上近几年来还有睡眠打鼾的习惯，平时白天经常提不起精神。最后他跟领导请假，到北京朝阳医院来找我看病。我分析了他的精神状态、睡眠质量和呼吸情况，确定他有睡眠呼吸暂停和焦虑倾向，告诫他现在真的不能开车了。

  美国和加拿大等国家有一项法律规定，像我这样的睡眠医生，如果病人来找我看病，我不但要诊断和治疗他的睡眠疾病，同时还要评估他与交通安全相关的警觉能力和判断能力。如果因为睡眠障碍来看病，一旦发现患者的状态不好，评估他开车可能有潜在危险，我就有责任且必须与相关部门联系，提示他们暂时吊销患者的驾照，不能让他开车。如果我没有尽职提醒这件事，让这位患者继续开车，将来发生交通事故，我也要负法律责任。目前我国还没有出台这样的法律或者规定。

有一天我在给病人看病时，有两个警察带着一个人进了诊室，经解释后才知道，这个人造成了一起恶性交通事故。我回忆起他曾是我的病人——一位患有严重打鼾和呼吸暂停的病人。事故发生后，他对警察说："郭医生警告过我暂时不能开车了，我没有在意，也没有积极治疗。最后开车睡觉，造成严重交通事故，后悔莫及。"他们找我是为了证实他是否患病以及疾病与交通事故的关系。我从电脑中调阅了他的原始病历，给他出具了诊断证明。所以说有睡眠障碍还经常开车的问题，不是一个人的问题，这是社会问题，而且还是个大问题。

王 蒙　这确实是社会问题，也应该多给司机警告。另外现在代驾业务已经广泛应用，其实不光是酒后需要代驾，当你极度疲劳时，也可以找代驾服务。

郭兮恒　在国外考驾照，除了我们这种正常考科目一、

科目二、科目三之外，还有一项就是睡眠评估。如果这个人有睡眠障碍，比如他是慢性失眠症患者，判断力、警觉性受损，这驾照就不能发给他。我们国家的驾考制度在这方面还需要继续完善，我认为这是个潜在的风险。

睡觉需要钝感力

王　蒙

我也想说说，我对所谓的睡眠社会性，就是睡眠和社会的关系的一些想法。

我第一个感觉是：越是发达的地方，失眠问题越严重。我说过，农牧民就不知道什么叫失眠！对体力劳动者来说，失眠是无法想象的事情。

所以我就想到现在的某些说法和行为，都可能引发睡眠问题。比如说"躺平"，你要真躺平了也就真没法睡觉了，是不是？什么事都不干，完全闲下来，你还睡什么觉？我也有过这种体会，这一天干脆什么也不干，不写作，不看报,也不聊天。这种状态从白天持续到晚上,那晚上根本没法睡好,因为晚上本该睡觉的时候,白天闲置的那种状态或者说劲头儿根本没有变化,我就没有想要休息一下的意愿。可如果白天我讲课去了,或者写作、聊天、散步了,想的事就多了,那到晚上我就有非常强烈的休息欲望,对睡觉充满了信心,充满了期待,我得早点睡,我得好好睡。

郭兮恒　　10年前,有位科学家做过一个调查,他在玻利维亚的齐曼内(Tsimane)、坦桑尼亚的哈扎(Hadza)、纳米比亚的桑(San)这三个没有通电、没有现代科技干扰的原始部落,观察了94名成年人1165天,之后得出结论:部落的这些人都没有失眠的,其中两个部落的语言里都没有"失眠"这个词。他们日落后平均3个半小时入睡,日出之前1小时醒来,平均的睡眠时间是5.7到7.1小时,冬天多睡1小时。

王 蒙

我就说嘛，失眠者第一是农村的少，第二是体力劳动者少。所以我得出一个经验：失眠的人适当地每天给自己安排点体力劳动，绝对有好处。俄罗斯的知名心理学家巴甫洛夫有一句名言："我毕生都热爱脑力劳动和体力劳动，甚至说，我更热爱体力劳动。"不难看出，在脑力劳动和体力劳动之间，他尤其喜欢体力劳动。好多外国著名的学者教授，都有这个习惯。譬如美国戏剧艺术家阿瑟·米勒，《推销员之死》就是他写的。我去他家里的时候，才知道他的地下室就是他的车间。他喜欢做木匠活儿，没事的时候就自个儿到车间做工。他给我看他的劳动成果，他家的凳子、桌子、书架都是他手工做的。他做这些对写作时进行的脑力劳动也是一种调节，我认为这对他的睡眠也有好处。

另外，从职业上来说，知识分子尤其人文知识分子，比从事其他职业的人的失眠比例更大，为什么呢？我知道一些非常优秀的作家，比如孙犁先生，他写过《铁木前传》，是"白洋淀派"

的代表人物，他失眠严重，一辈子受失眠的困扰。再有现在的一个比我年轻得多的女作家，她也跟我说，她长期失眠，不过听说她后来痊愈了。像莫言、刘震云这些作家我得知他们就不失眠，如果他们失眠，他们就忘本忘得忒厉害了。刘震云就说过：谁要是失眠，那好办，送到我故乡的那个村里去干活就行了。

有某种性格的人也易失眠。我这个说法好像有些偏颇。但是如果你的心理机能比较脆弱的话，面对同样一句别人说得难听一点的话，迟钝的人呢，可能就没听出来，可是那个敏锐的人，他会认为"这不是骂我的吗"。日本学者渡边淳一，他不是提出了"钝感力"嘛，就是说你要有迟钝的能力，神经末梢不要太敏锐，不能别人看了你一眼，你就想一大堆有的没的。有时候想象力太丰富、忒能琢磨没有好处。所以在某种意义上，这个失眠既是抑郁症的一个表现，也是躁狂症的表现。因为他心里好像总有什么东西放不开，这样他就放松不下来。佛家不是老讲放下嘛，是不是？

郭兮恒

我们每天都会接收大量的信息，特别是年轻人，信息内容五花八门。年轻人关注的是学习，中年人关心的可能是生活，老年人则更关注健康。这些海量的信息中，有些是自己感兴趣的，有些是不感兴趣的，有些是跟自己没关系的。

但是这些信息可能会从不同角度对你产生刺激，让你感到兴奋。有些兴奋是正面的，让你感到快乐、喜悦；有些兴奋则会让你感到担心、忧虑或者厌恶。比如听说奶制品出问题了，那我天天喝奶怎么办？我喝的奶是不是也有问题啊？这些烦恼就会让人感到忧虑，对于心理承受能力差的人来说，就容易产生焦虑情绪，由此引发或者加重睡眠障碍。

以前你对知识和信息的获取是可以自己选择的，但现在是你想不想看的都来了，每天受到各种信息的狂轰滥炸。睡眠不好的人，对信息的选择就尤其重要了，要尽可能避免负面信息对情绪和睡眠的影响，所以对有些信息就要保持钝感了。

要想睡得好，手机靠边倒

王蒙 我说得可能有点上纲上线了，我感觉睡眠的情况和人的世界观、人生观、价值观有关系，无论什么事，比较容易想得开的人，容易往乐观方面想的人绝对有好的睡眠，是不是？人活这一辈子有什么了不起的事？

郭兮恒 在当代社会，我们大部分的信息来源于手机。人类的睡眠时间延后，跟智能手机的发明有很大关系，智能手机发明以后，平均每个人每天至少少睡1小时。前些年美国有一个风投项目是什么呢？他们做了一个时间盒子,用来强制调整人们的睡眠时间。比如我这手机今晚9点放进这个时间盒子里,到明天早晨8点之前这个盒子打不开,它会自己锁死。实验者按时将手机放入盒子后,他晚上9点之后就没事干了,于是开始翻报纸、看电视,最终比以前提前了1小时入睡。

其实,没必要把手机锁起来,可以设定在特定时间把手机的某些功能关闭,关掉的功能在这段时间很难或者不能启动就可以,手机的通讯功能还是要保留的。这样您就彻底不惦记了。

王 蒙 我们在谈这个睡眠问题的时候,就是希望受众、希望大家、希望朋友、希望自己的亲友们内心要强大,相信你自己能做自己的主,不能让手机做你的主,不能让充满流言蜚语的海量信息做你的主。多几个世界,多几样本领,多几种兴趣,至少自己能与自己打混打岔,另辟蹊径,另有绿洲与小气候。你喜欢写作,你也可以喜欢数学,你还可以喜欢画画或者外语,学了一样就好学第二样,学了汉藏语系语言接着学印欧语系语言，还可以懂点阿尔泰语系的语言文字。会读书也可以学做饭，还可以学推头理发做发型设计，尤其可以喜欢体育，跑步、打球、游泳、滑冰、单双杠，最好也学学拳击与摔跤，会打牌下棋唱歌跳舞，还可以学乐器吹拉弹唱……人生几十年，艺多不压身，手艺多了如鱼得水，出活多了永远立于不败之地。包括学问，包括手艺，包括科研，包括助人为乐，包括去何处玩，永无止境，永不憋得慌闲得慌闷得慌。

我还有一个想法，我希望在咱们的谈话里能够观照社会的发展和全面小康社会建设的社会环境。

一方面我们可以创造更好的睡眠条件，要享受睡眠，享受美食，享受旅游，享受很好的服务。我们的床可以加以改善——毕竟我们每天都有那么长的时间在床上睡觉——当然每个人不一样，我喜欢的是相对硬一点的床。还有枕头，也得好好挑选，不然舒适感相差太大！有些外国式的鹅毛枕头太难受了，躺下去头都得陷进去，耳朵都烧得慌；现在还有一种枕头叫颈椎枕，我觉得它比较好用，两头翘起一点，给你这脖子往上托起一点，对我来说感觉好极了；还有小时候家乡人用的荞麦皮的枕头也很好用，因为荞麦皮枕头可以根据你的脑袋形状形成一个弧面，而且它的形态还能相对固定住。另外你的被子、褥子、床单都要干干净净的，屋里头安安静静的……这些确实是一种享受，是小康生活的一个标志。你应该感到幸福，而且这种幸福还是为了推动你起床以后好好学习，好好工作，这是生活质量指标中很重要的一部分。

另一方面，那些不科学的甚至有恶劣影响的、损害睡眠的恶习一定要改掉。您说爱玩手机是一种恶习，但在手机发明以前，剥夺睡眠的恶习也一直存在。比如有人通宵打扑克牌，第二天上班一天都浑浑噩噩的。还有打麻将的，看一晚上书他看不了，打一宿麻将他一点都不困，因为有争夺有输赢，更睡不着了。当然，咱禁止聚众赌博啊。

还要尽量避免临睡觉前和别人发生口角，特

别是夫妻之间。这一天都过得挺好的，晚上俩人不知为了什么事互相骂几句，你说这一晚上你睡得好吗？我要强调，睡前有点什么不愉快，一定要调整过来，该道歉的一定道歉，该原谅的一定原谅，该掉泪的就掉几滴眼泪，该说两句光明坦荡的话就好好说出来，云消雾散了再入睡。如果是夫妻，一定要拥抱后再去睡，千万别带气入睡，伤身体。

所以我觉得我们既要享受睡眠，又要革除妨碍睡眠的恶习。如果一个人能够做到每天学习的时候享受学习，上班的时候享受工作，吃饭的时候享受美味，然后睡觉前一看自个儿那床就挺高兴，哎呀真舒服，真踏实，往那儿一睡，多幸福。

一个人能好好睡觉，这是太平盛世的表现。困难时期能睡得好吗？动乱的时候能睡得好吗？贪污犯能睡得好吗？有的贪污犯在国外待十好几年，最后还是回来自首了。他说出去以后没有一天睡好过。所以我觉得好的睡眠也说明国家治理得好，社会发展得好，是你过着幸福生活的一种表现。

夫妻关系好,睡眠质量高

郭兮恒 我觉得我能够专心做好睡眠医学工作 40 多年,有一个重要原因,就是我爱人对我工作的支持。这 40 多年来,您知道做关于睡眠的工作意味着什么吗?是在病人睡觉时你不能睡觉。你要整夜观察病人的睡眠情况,不但夜里要工作,而且一定要在医院工作,从周一到周五经常会住在医院,所以很少在家,很少按时回家。这是我这 40 多年的常态。结婚 33 年来,我爱人从来没有抱怨过,从来没有!不容易啊。我没有任何来自家里的压力,才可以全身心地投入工作。真不知道如何感激她的理解和支持。

还有一方面就是我爱人对我的宽容。我在家里难免也会做错事，但她从来不责怪我，我听到的一定是安慰。记得刚结婚不久，一次乘坐公共汽车，由于车上比较拥挤，我在搀扶一位老人下车后，发现裤兜里的500块钱不见了！当时我们还挺穷的，500块已经是很大的数目了，我心里特别着急。回家后开始还不敢和她说，后来实在是对不上账了，我就如实跟我爱人说了这件事，结果她马上说："没关系，就算是帮助别人了。"我特别内疚地问："你怎么不怪我啊？"她说："事情已经发生了，还为它纠结，有任何意义吗？"所以她的心态对我的心理产生了非常重要的影响。在我处理问题的时候，当我遇到困难的时候，或者内心纠结的时候，我都会用这种心态去面对、去解决，生活因此变得非常轻松快乐，当然睡眠也特别好。仔细想想就是这样，事情已经发生了，再去纠结悔恨有意义吗？没有任何意义。她的宽容和善良的性格对我影响特别特别大，也让我学会用宽容善良的方式对待周围的人，从而感觉每天都是那么美好。

王 蒙 这个关系非常大，因为还有一类睡眠问题，就跟家庭不幸有关系。夫妻不和，或者您再赶上孩子闹点什么事，比如孩子违法乱纪让人找来了，您说您能睡得好吗？您再强大，但是这事它糟心哪。糟心事谁都有点儿，完全没有那是不可能的，这对睡眠的影响也很大。所以有时候为了解决睡眠问题，您还得提高自个儿的生活质量，最好全家都好好提高，能够做到和谐，做到互相理解，做到互相帮助，是不是？从一个人睡眠的幸福度上可以看出这个社会幸福不幸福。如果这个社会哪怕发展得再快，可是整天这个失眠那个失眠，这个精神病那个躁狂症，这个精神分裂症那个抑郁症，那么这个社会也坚持不了多久。

"压力"不可滥用

王 蒙

其实咱们不是单纯就睡眠谈睡眠，这与对一个社会的认知程度、文明程度以及个人的性格、修养都有关系，我觉得咱们现在有一个词用得太滥，就是"压力"，感觉什么都是压力。可真正有压力真正受苦的人，往往很少说过有压力。你想想，当初二万五千里长征，司令员也好，士兵也好，受了重伤的人也好，谁会说感到压力很大？那时候整天死人，一个人临死的时候说我感觉到有压力，有这么说话的吗？可是现在呢，比如球赛，还没比赛呢，先谈压力。现在的运动员吃得那么好，名誉那么高，挣钱的渠道那么多，他们有多少财产，咱们不用多说，咱不羡慕人家，咱们挣咱们的，怎么张口闭口都有压力啊？赛一场球也有压力，唱一首歌也有压力，演一出戏也有压力，去考试也有压力，面试也有压力。毛主席什么时候说过他感到有压力？压力这个词滥用的结果就是什么都变成压力了。一觉没睡好也有压力，干什么都有压力，那中国将来还有希望吗？我认为以后要少用这个词，这个词用多了适当地要骂一骂，要求他交罚金。你有什么压力啊？你工资多少，一个月到没到低保线？你身上有什么病？当然，你真正有病就不是有压力了，你就治病呗，是不是？你肚子疼就是肚子疼，不能说肚子有压力。

一个"失眠"，一个"厌食"，一个"压力"，用得如此滥！少用点吧，亲爱的人们啊。

郭兮恒

怎么解读压力？为什么会产生压力？我是这么理解的，看大家同不同意。在一件事情发生之前，您先假想一个不好的结果，比如球队比赛，万一输了怎么办？万一输了球队可能就不要我了，万一输了我的奖金就没了，万一输了教练就不喜欢我了，等等。或者万一考不上大学，我和女朋友就得吹了。这个压力来自事情发生之前的一种负面的想象。

王 蒙　您说得太对了，压力就是假想出的一个负面结果。拼刺刀的时候没有压力？！比如战场上俩人都拼刺刀了，你这时候说自己有压力？根本来不及有压力，你拼死了也就没有压力了，你把敌人扎死了你更没压力了。

郭兮恒　如果在生活中，您总把问题想象出一场失败的事故或者一个负面的结果，可能就会感到无穷的压力。这跟失眠是一样的，而且会对您产生非常大的负面影响，也会让您更加不自信，恰恰这种负面的想象会导致您战胜困难的能力下降，那么您面临的就是失败。

王　蒙

对，这个跟失眠是一样的，愁的都是未知，很多人现在失眠是愁今晚上睡不着觉，而不是真的睡不着觉。其实人们完全可以反过来开导自己，这事最坏能到什么程度？那这个程度你能不能接受？你能接受，那就无所谓。

我觉得还有一点就是，所有人会错误判断环境，判断自己，判断自己的幸福，简单来说就是你要的东西太多。压力其实就是现代人对所有东西有一个特别大的幸福感的超期待，就觉得我应该获得更好的生活，但从没有反问过自己，我凭什么过那么好的生活？

反过来想，这天你有点经历感想一时没睡好，那也是福气啊。你不聋不瞎，不傻不残，不穷极无聊，不空虚烦闷，你有你的聪明才智，你有你的忠肝义胆，你有你的追求期盼，你有你的回避拒绝，因此你才会偶尔躺下半个钟头不能入睡啊。但是你坚强，你豁达，你想得开，你有办法，你有耐性，你无所畏惧，你从不揪心嘀咕。一次没睡好，带来的是伺机调整，改善一点算一点，改良一滴算一滴，你从来不搞悲观失望抑郁焦虑，你永远自有办法。小小睡一觉，打几声呼噜，证明你精神力量大气、高尚、完满！

郭兮恒

压力可能会成为失败的一个理由，您为什么要谈压力？给自己找借口呗：我面对不了这个挑战。这是一个方面。另外，压力可能导致您应对能力下降。面临挑战，您首先想到的是"我战胜不了"。没有自信心，您做什么能成事？所以我觉得压力确实是一个比较负面的情绪。

王 蒙

有时候晚上没事——因为我晚上精神不行，您别看我现在聊得挺热闹，吃完晚饭就打盹儿了。所以一般吃完晚饭，完整的电影我不看，音乐会很少参加，个别情况下参加一次，也不舒服。我就看电视，穷极无聊的时候就看电视剧。有时候这电视剧特别不合理，你看着都起火，已经是对人类智商的侮辱了。可是我遇到这种情况，就把自个儿的品位降一个档次。您要那么机灵干吗呢？这个电视剧你不是编剧，不是导演，也不是演员，您说您跟它较劲干什么？中央又没让您把电视剧质量抓一抓，就讲个笑话一样，您要不愿意看这电视剧，您看书去啊。您就是为了打个盹儿嘛，看着玩嘛。那电视剧里一会儿放枪了，一会儿出来帅哥美女了，您就看呗！

郭兮恒

生活当中可能遇到各种坎坷，比如说感情出了问题，家庭出了问题，工作出了问题，这些问题都可能对你形成一种负面的打击，而每个人应对这种打击的能力是不一样的。我有这样一位病人，他的睡眠特别不好，就跟我讲了许多自认为的"大事"，但我反而觉得都是一些微不足道的小事。他的纠结使得他始终走不出这个圈子来。为了开导他，我出诊时把他安排在最后的时段，看完所有病人后，再把他叫进来谈。我就掰开了揉碎了把这些琐事解释给他听。交流到最后，他说："郭大夫您讲得真有道理，您讲得真好，听您讲完以后,我心里舒服多了,您是既能看病,又能够做我的思想工作,还能疏导我的心理。"我也觉得很有成就感。他还说:"您跟我讲的信息量太大,我回去再慢慢消化,但是我感觉从进诊室到现在,我已经有了改变。"在他临走之前,我问他:"您是做什么工作的?"他说:"我是大学心理学教授。"这让我很吃惊,我说:"我刚才跟您讲那些内容,要按照专业心理学来讲,您肯定觉得我讲得太浅了,别怪我在您面前班门弄斧。"他说:"您讲得非常好啊,对我影响特别大。"我说:"您给学生讲课的内容一定比我讲得高深得多。"他说:"是啊,我给学生讲课都是一套一套的理论,等到这些理论用到我自己身上就没有任何作用了。"经过几次交流后,他的睡眠改善了很多,也不再为一些小事纠结了。

　　心理的症结对人的影响多大啊!每个人都可能面临各种心理上的挑战,包括大学心理学教授,也有可能在负面情绪面前败下阵来。

王蒙 郭主任那我得问问您，您每天接触大量的病人，面对的负面情绪是多种多样的。这些负面情绪就不会影响您吗？

郭兮恒 40多年来的临床工作，我面对的都是有各种各样睡眠问题的患者，肯定会受到来自各类负面情绪的影响。但我是职业医生，以帮助患者分析问题、解决问题为目的，要有更加强大的心理来驾驭局面。我是有备而战，我知道我要面对的是什么。在与患者交流时，我认为医生的语言特别重要，包括用词、语气甚至语态都非常非常重要。患者是来求助的，他希望接受医生的忠告。我常说医生的语言也是治病的良药，体贴有温度的语言对患者来说就是强有力的安抚，能让患者更加自信地战胜疾病。当患者走进诊室，医生就已经开始影响他、改变他，当他离开诊室的时候，就应该让他发生改变，让他获得如释重负、焕然一新的感觉，而不是反过来被他改变、影响。

王 蒙

有时候我也感觉咱们谈睡眠问题,实际上也确实牵扯到改善国民的精神素质和精神境界。我就老想这个事,比如人家孔子早就说了:"君子坦荡荡,小人长戚戚。"鸡毛蒜皮的事,你那儿老觉着别扭,老觉得纠结,乃至于老觉得有压力,那是小人,是吧?对于君子来说天下有什么过不去的事啊,有什么了不起的事啊,谁没碰见过困难?我老说那话,你打球说什么压力,人家真正有压力的你知道吗?

我还想到《论语》里提出来的"反求诸己"的精神:"君子求诸己,小人求诸人。"小人,没有受过教育,没有尊严与正道,没有文明与价值规范的平庸低级的人,好事坏事,都在抱怨他人,勒索他人,恳求他人。而君子,受过良好教育,有自己的规范,有自己的信誉与自信,碰到挫折麻烦先追责于自身,受到误解,先思考是不是自身的某些不妥诱发了不友好乃至不够公正的对待?碰了壁,是不是压根不应该设想轻易有所成绩有所获得?有对你不好不利的说法了,先想为什么对别人没有这种说法。这是一个不搞得怨天尤人，不搞得失眠干瞪眼的良方。世界，天地，人间，不可能处处合乎理想，也不大可能处处拧巴混乱，一时弄错了弄乱了，过一段时间，就会校正过来。共时性的说法，有向着迷梦的，有向着火的；历时性的说法，三十年河东，三十年河西。睡眠障碍，暴露的是自己的弱点、自己的幼稚、自己的脆弱。

"梦游"也是伪概念

郭兮恒 谈到压力和睡眠,让我想到了另一种所谓的"病症"——梦游症。梦游是什么?梦游是睡眠中自行发生的行为,比如睡眠时发生床上和床下活动、游走后再回床继续睡眠等现象。确切地说,这种病症取名"梦游"是不准确的,医学上称之为"睡行症"。

王 蒙 "梦游症"和"睡行症",听上去这两种叫法好像没什么区别,至少"游"和"行"这俩字在文学表达上是没什么区别的。"秉烛夜游"和"锦

衣夜行",都是行走。

郭兮恒

没错,区别就在"梦"和"睡"这两个字上。我们人为地把睡眠分成深睡眠和浅睡眠,实际上,我们的睡眠是个连续的过程。在睡眠过程中,从前一个睡眠周期转换到下一个睡眠周期的时候,过渡往往不太稳定,就会出现一个比较模糊的状态。在睡眠转换不明确,或者睡眠转换出现紊乱的时候,就容易出现一些奇怪的睡眠状态,这种奇怪的睡眠状态我们叫作异态睡眠。梦游就属于异态睡眠中的一种类型。

我们说过,人的睡眠一般会经过4—5个周期,梦游经常发生在三期睡眠,也就是深睡眠阶段,而深睡眠阶段肌张力是很低的,人体一般很少有行为出现。但儿童处在三期睡眠时肌肉还有活动,就会发生一些行为。但三期睡眠是很少有梦境的,所以把梦游定义为跟梦相关的行为是不准确的,它实际发生在不做梦的时候。因此,我们才称之为"睡行症"。如果一个人的行为被定义为睡行症，那他的行为一定有离床的动作。如果只是在床上伸伸腿、抬抬胳膊，或者有些孩子在睡觉时"夜惊"，哭闹找妈妈或者发生类似抽搐的动作，第二天你问他，他却根本记不得。这些都属于异态睡眠中一些简单行为，但是不符合睡行症的诊断标准，睡行症的症状中必须包含离开床的行为。

总结一下，对于睡行症的判断标准有两点：第一，发生在不做梦的睡眠状态下；第二，常常发生在前半夜，有离床的行为。

另外，睡行症有一定的遗传性。在性别比例上，尽管文献报告中显示"梦游"的男性多于女性，但我在临床上看到的似乎女孩发生梦游的情况比男孩更多些。

王 蒙

我碰到过这样一种情况，我亲属中一个晚辈，她做梦梦见在国外的孩子问她要一个证件，她第二天起床去放证件的房间，发现证件已经被拿出来了，就放在桌子正中间。她就觉得自己是梦游拿出来的,可她先生不承认,说她是心里想着这事,睡前有意识地很明确地拿出来的,后来就忘了。这能解释成睡行症吗?

这种事很多啊。你夜里起没起夜你可能都忘了。但这对文学艺术来说是件好事,是具有故事性的。我曾经在大剧院看过一场非常有名的歌剧《梦游女》,就是以"梦游"为灵感的文学创作,讲的是一个可爱的女孩儿梦游到了一位贵族的床上,引起了男友的怀疑,后来人们半夜亲眼看到了她梦游的情景,才消除了误会。我之前说到的去古巴访问,连自己下楼吃过早餐都不知道,也是有点梦游的意味了。

我更感兴趣的是,睡行症需不需要治疗?怎么治疗呢?

郭兮恒

通常情况下,睡行症多见于儿童,特别是那些情绪紧张、焦虑和想象力丰富的孩子,主要是因为孩子心理情绪不稳定,缺乏关怀和温暖以及神经系统发育还不完善。随着人体发育渐趋成熟,多数孩子的这个现象就逐渐自行消失了。所以儿童的睡行症不需要特殊治疗。也有少部分人有过于频繁的"睡行"行为，形成一种习惯，延续到成年。我见过有篇新闻报道说某人睡觉时外出到河里游泳，游完再回家接着睡；还有人梦游跑去另一座城市娶妻生子。我治睡眠病 40 多年，从来就没有见过类似的真实病例。您见过有谁会边睡边游泳吗？他娶妻生子这些年是睡着还是醒着啊？梦中之梦吗？我认为这些都是戏说。

在我的病人当中，很少有人因为偶尔发生"睡行"的现象来看病，来看病的一般都是反复发生梦游的人。我曾经碰到过这样一个病例：一个孩子反复发生"睡行"行为，在固定时间——夜里 12 点到 1 点期间——起床，他的父母就会比较紧张。怎么办呢？其实关键是做好防护，比如关好门窗，将剪刀、菜刀等锋利的物品收好，防止出现意外。有的家长索性陪孩子睡觉，这样也是可以的。

那如果孩子发生"睡行"的时候，我们要不

要把他叫醒？大家可能听说过一种民间说法：不能叫醒梦游的人，会让他受到惊吓。其实不是这样的，如果你把梦游中的孩子叫醒，他最多是奇怪自己在睡觉过程中怎么换地方了，而不是感到惊恐。如果孩子"睡行"的动作比较简单，而且所在的环境比较安全，那么引导他回到床上就可以了，或者把他叫醒再带他回到床上，最主要的还是保证孩子的安全。

刚才您说四五十岁的成年人还出现"睡行"现象，很有可能是另外一种疾病，叫作 REM 睡眠行为障碍（RBD），这种异态睡眠发生在快速眼动期，也就是有梦境的梦游。成人的梦游现象需要进一步检查，看他是否伴有精神压抑、饮酒过度、脑血管和神经方面的疾病，必须心理治疗和药物治疗同时进行，去除不良的精神因素的影响。

王　蒙　　一个人在"睡行"的时候，能看到或感知周围的环境吗？

郭兮恒

其实人在发生"睡行"的时候，可能睁着眼也可能闭着眼，通常做的动作相对比较简单。因为睡行症往往发生在入睡者比较熟悉的环境中，就像你半夜闭着眼睛也能找到厕所一样，有一些长时间形成的习惯在发生作用。至于这个过程中是否有视觉或感知，这个不得而知，因为这种病人往往觉醒以后，都不记得发生的事情，也没办法描述。但是在临床上，我曾经收治过一个患睡行症的病人，是一个女孩子。有一次她"睡行"的时候走得比较快，就撞到了迎面走来的姥姥身上。后来她姥姥描述这个事情，说女孩是睁着眼睛撞到她身上的，这就说明女孩的视觉没有起作用。之所以说不得而知，是因为数据资料很少，不能得出准确结论。

王　蒙

您说得对，当事人醒来后就不记得自己睡着时发生的事了，看到的人也无法描述和模拟梦游者的状态，所以这件事就有了神秘色彩，也因此催生出作家们奇诡的想象力和伟大的文学作品。

除了"睡行"和 RBD，异态睡眠还有其他的症状吗？

郭兮恒

还有一种异态睡眠，您很可能也经历过，就是俗称的"鬼压床"，又叫"梦魇"——感觉自己已经清醒了，但就是动不了，下不了床。"鬼压床"其实是一种睡眠瘫痪症，是人从快速眼动期睡眠转换到觉醒时出现问题了。人在睡眠过程中突然觉醒，这时候意识清醒了，但是身体仍然停留在快速眼动期睡眠的状态——全身肌肉松弛、临时性瘫痪的状态。因为你的意识和身体状态没有同步，就形成了"鬼压床"的症状。你可能会感到恐惧，甚至呼吸不畅，这也是有人在"鬼压床"的情况下有濒死感的原因。

张口呼吸和睡眠呼吸暂停

王蒙 您说到在快速眼动期的睡眠中,我们的肌肉是临时性瘫痪的状态,我就想到,我们身上有一种肌肉是非常辛苦的,就连睡觉时也不能停止工作,就是维持我们呼吸的肌肉。您说的"濒死感",是不是连呼吸肌都瘫痪了?那可挺危险的。

郭兮恒 王蒙老师,您说得太对了。在医学上有一种症状,叫作睡眠呼吸暂停综合征。说到这种病,就不可避免要提到张口呼吸这种行为。

睡眠过程中,张口呼吸其实是一个不正常的

现象，这对我们的健康影响还是比较大的。我们分两类人群来讲。

第一类人群是儿童和婴幼儿。以我从业40多年的经验来说，只要儿童有张口呼吸的状况，就是得病了，是需要干预的。我这样说可能比较极端，别人不一定认同，但我为什么这样坚持呢？因为儿童的个体比较小，颅面、鼻腔、咽等都比较小，他在生长发育过程中，这些部分也在不断增大。我们成年后与小时候的样子不同，就是器官结构不断发育，加上遗传因素等综合作用的结果。

如果我们从小就开始张口呼吸会怎样？人是用鼻腔来呼吸的，鼻腔本身需要发育，而鼻腔的发育需要鼻腔内有气流通过。气流的刺激是促进鼻腔发育的一个非常重要的条件。我们用一只小狗做过这样一个实验：在小狗小的时候，把它的鼻子堵上，不让气流通过。随着它慢慢长大，小狗的鼻腔并没有发育，后来就出现了鼻塞的现象，最后这只小狗就总是张着嘴了。人也一样，如果孩子经常张口呼吸，鼻腔通过的气流就很少。鼻子不发育，就容易长成塌塌鼻，甚至导致整个鼻梁骨内陷。这样一是影响未来的颜值；二是会连带影响牙齿的发育，导致牙齿排列不整齐；三是影响下颌的发育。如果孩子下颌发育不起来的话，就是俗称的没下巴，就必然会出现睡觉打鼾或呼吸暂停的现象。所以我认为，孩子出现张口呼吸的情况就应该进行干预。

孩子为什么会张口呼吸呢？是鼻腔不通畅造成的。儿童在早期发育的时候，也就是自身免疫功能未建立的时候，除了从母体带来的免疫能力外，还有两个重要的腺体在保护呼吸道：一个是鼻腔后部的腺样体，另一个是口腔后部的扁桃体。这两个腺体在儿童时期提供的免疫作用很大，它们会分泌淋巴液来保护呼吸道，避免感染。但是如果这两个腺体增长过大，就会影响鼻腔通气，导致孩子出现张口呼吸的现象。

因此，孩子出现张口呼吸现象的解决方案其实很简单，去检查腺样体和扁桃体就行，如果这两个腺体过度肥大，就应该把它们切掉。当然，事情都有两面性。这两个腺体能减少我们呼吸道感染的概率，但过大就会阻塞呼吸，家长就要权衡利弊了。有些孩子的这两个腺体并不是很大，是没有必要切掉的。因为孩子发育到10—15岁，这两个腺体就慢慢萎缩，功能也随之慢慢减弱了。但如果是在3—5岁的时候，这两个腺体过度肥大，隐患较多，就应该把它们切掉。

造成这种现象的，除了先天的生理性原因，还有一个原因是感染。如果孩子的呼吸道反复感染，淋巴组织增生，也会导致腺样体和扁桃体过度肥大。所以扁桃体肥大的孩子说话就像嘴里含了一块糖一样含混不清。这时候一方面需要避免呼吸道感染，一方面需要用药物使腺体缩小。如果这些方法都不行，甚至孩子除了张口呼吸，又出现了打呼噜和呼吸暂停的症状，就更应该将腺体切掉。这样对孩子的长相、智力和身体的发育都有好处。

王 蒙：您说的儿童和婴幼儿是第一类人群，那么第

二类人群我猜应该是成年人了。小孩打呼噜的我见得不多，成年人打呼噜的就太多了。我曾经在长途车上也遇见过，有位大哥打呼噜越来越响，突然安静一阵，挺吓人的，原来是自己憋气憋醒了，换个姿势，呼噜立刻又起来了。

郭兮恒

这种现象其实挺危险的。成年人出现张口呼吸的原因很多，比如鼻窦炎、鼻甲肥大、扁桃体肥大、会厌病变，再加上肥胖、内分泌异常，等等，都会导致张口呼吸、打呼噜或呼吸暂停等问题。当然，成年人的颌面发育已经成型，所以张口呼吸对颜值方面的影响不大。

成年人出现这些问题的原因比儿童要复杂许多，解决方案也不像儿童那样简单，手术只是其中一个方法，且可能只有20%—30%的人会考虑手术，大多数成年人选择采用非手术的方法，这就要具体分析原因，针对性地去解决。

另外，成年人和儿童出现呼吸暂停的诊断标准也不一样。在就诊者的睡眠呼吸监测中，如果发现成年人出现睡眠呼吸暂停的时间在 10 秒钟以上,或是每小时发生呼吸暂停和低通气的次数在 5 次以上;儿童在 5 秒钟以上,或者是停止两个呼吸周期,就可以诊断其为睡眠呼吸暂停。如果同时还伴有一些相应的临床症状,就需要通过上气道的一些检查,包括鼻腔内窥镜检查、X 光或 CT 检查等,来查清引发呼吸暂停的原因。

睡眠呼吸暂停常常会引发高血压、糖尿病、冠心病、胃食管反流、性功能障碍、肾功能障碍,还有焦虑抑郁、心律失常等多种问题。

王　蒙 没想到打呼噜还有性命之虞。如果只是单纯地打鼾,没有出现睡眠呼吸暂停症状,我能不能得出结论:这对打呼噜的人身体健康没什么致命的影响,主要是对伴侣的影响比较大?

郭兮恒 其实单纯打鼾对于高血压、冠心病等疾病的影响确实没有那么大,对伴侣的影响主要就是降低了伴侣的睡眠质量。但是要特别注意,单纯打鼾的人睡眠质量也不高，因为他会因此出现片段化睡眠，容易反复觉醒，从而导致睡眠质量下降，最直接的影响就是白天困倦，工作学习效率不高。这些情况靠理智克制是解决不了的，最好还是听听专业医生的治疗建议吧。

真正的健康三要素

郭兮恒

人对理智克制这种行为的建立和他的逐渐成长、成熟有关系。比如一位缺乏生活经验的年轻人，如果希望他达到一种非常理智的状态是不现实的。但是换成一位长者，在他走过无数曲折道路，经历了漫长时间的洗礼后，达到理智克制的状态就容易很多。因为对他来说，疯狂的时候都已经过去了，此时此刻，他知道对他来说什么是最重要的，什么是他自己需要的。虽然年轻人的轻狂和不受约束的性格在某种程度上是他们进步的动力，但是在睡眠行为方面的不规律也会给他们的健康带来不利影响。因为他们年轻，调节睡眠的能力特别强，即使短时间睡眠缺失、睡眠不规律，他们仍然能够保持一种精力充沛的状态。但随着年龄增大，他们的睡眠调节能力逐渐下降，尽管下降的过程十分缓慢，但他们也会感觉到这种变化，随之而来的是健康问题越来越多。临床研究结果证明：在中老年阶段容易出现睡眠问题的人，多数都跟他们年轻时不克制自己、不约束自己的起居规律有关。所以我想提醒大家：即使您现在特别年轻，您的调节能力暂时比较强，但是保持正常的生活节律仍是确保未来健康的基础。大家应该像王蒙老师这样快乐而规律地生活。

说到健康的概念，我认为大多数人的理解可能是有偏差的。什么叫健康？有位患者说："郭大夫，我到你们医院进行了一次体检，所有化验结果都正常，所有检查的项目也都正常。"像这种情况，医生根据体检结论没有发现他患有任何疾病，那他是不是健康的呢？我认为这只是健康的一部分内容。所谓健康，完整的概念是这样的：

第一，一定要有个健康的身体，这是前提条件。您的硬件条件是合适的、正常的，这只是健康的一个因素，并不是健康的完整概念。第二，要有健康的心理，心里有阳光，保证心情是喜悦的、快乐的、友善的。这很重要，如果您的内心比较阴暗或者您的内心有焦虑、抑郁等负面情绪，说明您是不健康的。第三，如果您身体特别好，心理状态也特别好，但是没有健康的生活方式，那也称不上健康。比如王蒙老师就拥有健康的生活方式。健康的生活方式包括许多方面，比如规律起居，不吸烟不饮酒，饮食科学有营养，等等。这三方面的健康才构成真正意义的健康。

王蒙老师在年轻的时候曾经为睡眠问题求过医，所以他在大家都不重视睡眠的年纪，就已经很重视睡眠了。

王蒙 对对对，我从小就认为睡眠对身体健康是第一重要的，因为人和人不一样，比如有的人有先天性的疾病，对抗疾病就最重要；对我来说最重

要的不是吃，我不是美食家，也不厌食，我就是重视睡眠，甚至是珍视睡眠。但我不会成为嗜睡者，原因是我爱读书，爱写作，爱工作，甚至也爱做些体力劳动，例如洗衣服与和面。我尤其喜欢动脑子，喜欢说话，我有多动、多说、多想、多做的那一面，我绝对不懒惰，不混吃闷睡，不好逸恶劳，所以，我虽然喜爱睡眠，但不会成为好吃懒做的寄生型人士。

您刚才说的这个心理健康，我也有一个不知道算不算经验的经验，就是吃完晚饭以后，尽量心里别留什么疙瘩。譬如您吃完晚饭忽然想起来今天有一件事没做好，或者有一句话没说对，您想办法看看能不能弥补就好。如果您纠结了，下午我怎么说了这么一句话？这句话人家要误解了，我就把人得罪了。那您就想办法弥补，比如发个微信说，我下午那句话说得不太妥当，实在对不起了，多包涵……您就说这么两句是能弥补的。不能弥补您就得自个儿劝自个儿，话已经说出去了，爱怎么着怎么着，也不至于扣我工资；

就是把工资扣了,您扣我一万我那边又挣了一万零一百回来,您可以自个儿这么安慰自个儿,这是一种情况。

还有一种情况就是为一点很小的事和自己的家人生气,尤其是和自己的配偶,睡觉之前忽然俩人叮当叮当吵起来,吵完尽量争取别带着气睡,你说带着气睡你也不高兴,她也不高兴。你就过一会儿,找个台阶下,是不是?你跟你老伴逗两句:"哎,别火了啊,刚才我逗你玩呢。"就完了呗。不行搂过来说:"我就这脾气啊,可是你可要注意啊,现在我可真不想跟你再说不好听的话了。"也就完了呗。

助眠药，0与1的辩证

王 蒙

我有好多朋友，睡眠不好，又无论如何也不吃安眠药，他们认为吃药第一会让他变笨，第二会伤元气，第三怕吃药成瘾，等等。这些问题其实也可能存在，但是另一方面，我又不断地接触另外一类人——吃安眠药吃了一辈子的。比如担任中国作家协会主席时间最长的茅盾先生，他从上大学时就开始吃安眠药。季羡林先生更厉害，他九十七岁才去世。季老还健在的时候，谁去拜访他，他就和谁说："你们凡是睡得不好的回去吃安眠药，我也是吃了七十多年，一天都没断过，但是我活了九十多岁了。"而且他老人家又有那么大的学术成就，没有像人们担心的那样，原来是天才，吃完安眠药变成傻子的。

郭兮恒

您说的这两种观点，在某种程度上来说，都有道理！

我们先说说不想吃助眠类药物的情况。睡不着觉可以分为这几个类型：一是入睡困难，二是入睡容易但反复觉醒，三是早醒。这三种情况有时候可能会独立出现，有时候可能会两种、三种一起出现。产生睡眠障碍，有的人可能因为平时生活不规律，有的人可能是因为情绪不稳定，所以如果想要解决这些问题，我们还是要从他的病因入手，不能一上来就用药。在临床当中，很多医生为了图方便，觉得患者也期待尽快解决问题，就直接用药。这能解决患者一时的问题，但不一定能从根本上解决问题，病情也很容易反复。我建议首先考虑非药物治疗。

前面我们说过，焦虑是影响睡眠的第一情感

因素，而焦虑无法用安眠药解决，你需要考虑的是什么事导致焦虑，医学上可以用一些松弛疗法缓解。

第二个影响因素是睡眠的节律。有的人长期睡眠不规律，就可能出现睡眠障碍。如果针对这种问题服用药物调节，比如想晚上10点睡就10点吃药，想凌晨2点睡就2点吃药，就会造成睡眠节律紊乱甚至恶化。针对这种情况，最简单有效的方法就是保持正常的生物节律，按时起居。

有人会问，我晚睡晚起行不行？其实晚睡晚起和按正常节律入睡和觉醒，睡眠效率是不可等同的。我们选择夜间睡觉，一是因为夜间的睡眠时间符合睡眠的生物节律，睡眠效率最高；二是因为夜间睡眠过程中很少有人打扰你，也不会有吃饭喝水等干扰因素，你能睡个很好的长觉。如果你晚睡晚起，你还没起床，别人已经开始吃饭、工作、学习了，有外在干扰，也会导致生物节律紊乱，睡眠质量下降。对于这种情况，要怎样调整睡眠呢？我们一般使用光照的方法，工具是一种专业的医用照明灯箱,具体操作流程在《达·芬奇睡眠法与生物节律》一篇中已说明。这也是非药物治疗的一种方法。

关于治疗睡眠障碍,还有一种非药物的治疗方法——失眠认知行为疗法(CBTI)。简单来说,有些人的睡眠障碍是对睡眠的认知不正确造成的,有些人的睡眠障碍是由于行为不正确造成的。认知行为疗法就是通过改变患者关于睡眠的错误认知和不良睡眠习惯来改善他的睡眠。

我举例说明一下,比如你晚上躺在床上睡不着觉的时候怎么办?有许多人觉得,睡不着就躺在床上强迫自己继续睡,直到睡着。这个时候你的心情会越来越烦躁,对睡眠的信心也会越来越弱。这就属于对睡眠的错误认知。当你在床上睡不着的时候,你就不应该再躺在床上了,你可以去做一些其他的事情,等你感到困倦的时候再回到床上睡觉。这就是睡眠限制疗法。通过这种训练,有些人的睡眠障碍就可以得到改善。如果睡眠时间占你在床上的时间的 85% 以上,这是合理的。如果你在床上的睡眠时间不足80%，你就应该缩短在床上的时间。

还有一种调整睡眠的方法，简单但耗时比较长。有些患者因为各种原因晚上睡不着觉，早上起不来床。打个比方，你晚上10点上床睡觉，但睡不着，那你可能到11点、12点，甚至到凌晨两三点才睡着，睡眠时间是绝对延迟的。想解决这种睡眠问题是很困难的，除非用药物治疗。这种时候，我就建议患者从起床时间入手进行治疗。你控制不了睡着的时间，但你可以控制早晨起床的时间。也就是说，无论你晚上几点睡觉，都要强制自己第二天在固定的时间起床，比如早上6点半或者7点，不管用什么手段叫醒自己，到点儿必须起床。因为睡眠不足，所以你第二天白天就会出现精神萎靡、困倦乏力等问题。没关系，你需要保持这种状态直到晚上——白天不要有任何睡眠——你会比平时更想睡觉，这时候就比较容易入睡了。但这个过程不是一两天就能见效的，我们通常需要经过一两个月或者两三个月的时间，让患者的入睡时间逐渐前移，直到最后达到你能够按照规定的时间睡觉、起床。当然，这种方法需要患者积极配合，否则效果肯定大打折扣。

以上说的这些调整睡眠的非药物疗法都是有科学依据且有效的方法。还有一些方法比如我们经常说的中医疗法，包括按摩穴位、针灸等，对于患者来说往往因人而异，对你有效的方法对我不一定有效，且有些方法并没有太多的临床数据支持，但是患者喜闻乐见。有些患者听到我说用中医的方法治疗就比较高兴，特别感兴趣，但你会发现这个方法在很多患者身上使用不一定有效。

当然，非药物治疗方法本身是不解决焦虑抑郁的问题的。针对焦虑抑郁患者，就应该给予相应的药物治疗，这与我们说的非药物疗法解决睡眠问题是不矛盾的。我们可以在给这些患者一些抗焦虑抗抑郁的药物的情况下，同时采用CBTI的治疗方法来改善他的睡眠。但如果这种治疗方法持续了两三个月、三四个月，他的睡眠还没得到改善，或者患者不能积极配合的时候，那我们就要考虑进行药物治疗了。

我们再说说使用安眠药来助眠的方法。

安眠药是什么？安眠药就是用来帮助失眠患者快速入睡的。但是患者是不能随意获得安眠药的，除非有医生开的处方。因为有些不法分子会利用这种药的特性做一些非法行为。容易出问题的药物在我国会受到更加严格的控制。您刚才说的这类药，它的特点是起效快，药劲消得也快。药物从嘴里到胃里，再到吸收后发挥作用，这个过程有时间上的延迟，肯定不会立刻起效。虽然延迟时间有限，但对于有些失眠的患者来说实在太难熬了。他等不了这段延迟，他等得着急。解决这个问题很简单，如果您想睡觉了，提前几分钟先把药吃上，等您真正需要睡觉的时候，药也就发挥作用了。我给病人用药主要是根据他们睡眠障碍的类型结合每种药的特点来进行选择。有的药起效快但是维持时间短，有的药起效慢但是维持时间长。入睡困难的用短效药，维持睡眠困难的用中长效药，还要考虑每位病人的年龄和身体状况。选择用药确实要因人而异，因病而异，不可一概而论，患者更不可随意服用。我国对安眠药的管控是非常严格的。有些患者热衷于接受药物治疗，但是还有些患者处在另一个极端，他们认为安眠药对身体有副作用，所以坚决不吃药。

其实，安眠药跟你吃的感冒药、降压药本质上是一回事儿，就是帮助您解决疾病的。如果您睡觉好，您肯定不需要吃药。但是高血压患者，不吃降压药就有危险，而且降压药不是吃几天，是需要长期吃，甚至很多人要吃一辈子。那您长期睡不着对健康的危害同样很大，既然吃了安眠药就能让您睡好，为什么不吃呢？安眠药在专业医生的指导下也可以长期服用。对睡眠障碍患者来说，不吃药的副作用远远大于他们所谓的药物本身的副作用。安眠药与其他药物的区别在于安眠药是处方药，这就意味着安眠药必须由医生来判断患者是否需要服用，是否可以获取。患者是没有专业的知识水平和能力去判断该不该吃安眠药的，所以应该按照医生的处方买药服药。

在临床上，所有药都有副作用，不是只有安眠药才有副作用，但是药物的副作用对人体的影响也是因人而异的。如果将安眠药的副作用比作"1"，在我睡觉特别好的情况下，对我来说，吃安眠药给我带来的好处就是"0"。1大于0，也就是副作用比治疗作用大，那么我就不需要也不应该吃药。但对睡不好觉的人来说，他需要睡觉，他吃安眠药以后能获得一个很好的睡眠，他可能因此得到了"100"，那么100跟1相比，说明副作用对他的影响微乎其微，这时候就不要去在意副作用。

在医生的指导下，药物的副作用本身就是有限的、可控的。而且，在医学水平高度发达的今天，安眠药也从第一代升级到了第三代。现在市场上基本是以第三代安眠药为主、第二代安眠药为辅的形式流通的，而每一代安眠药的安全性都有很大程度的提升。

王　蒙　　我特别同意您的说法。要说副作用，别说药有副作用，什么事物都有副作用——吃饭也会吃到沙子，吃肉还会影响胆固醇水平。所以还是人们把睡觉的问题想得太神秘，也把自己睡觉的能力想得太脆弱了。

郭兮恒　　有位就诊的失眠患者对我说："郭医生我睡不着觉太痛苦了！"我问他："睡不着觉有多长时间了？""20年了。"我说："那您过去吃过药吗？""吃过。""吃什么药？""吃过安定什么的，效果都不好。郭医生帮我出个好招儿吧。"我说："您把您过去吃药的经历详细地跟我说一下，都吃过哪种药，怎么吃的？我来给您调整。"他说："安定，睡前吃30片，另一种安眠药吃10片，还有其他的安眠药，再吃5片。"我被他吓了一跳，开玩笑说："好家伙，您现在还活着真不容易。既然这样，我现在给您看病可不是要给您加什么药，我得想办法让您之前的那些药减一减,您这么吃是不行的。"他说:"不行,郭医生,您要是减药的话,我睡不着啊。"面对这种情况,医生就得安慰病人,耐心地指导他怎么减量,逐渐用别的药替换,最后把他几十片药减到几片药,还要让他睡好觉。这个过程是漫长且艰难的。所以我们说拒绝服药的病人是不对的,乱吃药的病人也是不对的。

还有另外一个到我诊室来的患者,我问他:"您吃过安眠药吗?""郭大夫,我吃过好多种药。""您能告诉我您吃的药的名字吗?""我不清楚,没注意,都忘了!"我说:"您都不知道是什么药您就敢吃?要是吃出问题怎么办?"他说:"我当时睡不好觉,记忆力就越来越差,当时那么多药名我都记得,现在一种药名都想不起来了,您说我该怎么办?"他一点既往治疗信息都提供不出来,这种情况,我就只能根据经验,尝试着制订出适合他的治疗方案了。

王 蒙 您说这个"反面教材",我就想到季羡林季

老也好，茅盾先生也好，我觉得他们的睡眠不好，可能跟他们的生活方式、生活习惯有关系。但是如果他们能够在医生指导下正确用药，缓解了睡眠问题，那么他们就是个例子——说明正确服用药物对人没有风险，是安全的。我只有在出国的时候吃安眠药，因为有时候出国的时差相差太大，而且到了国外以后基本没时间休息。咱们国家是有规定的，比如说你到一个国家不能超过多少天，到那儿以后你基本上就得马上工作，该座谈就得座谈，该讲话就得讲话，该会见什么人就得会见什么人。

郭兮恒

有些人对如何就医存在误区，包括用药的态度。比如有的患者要求医生开很多药，回去后根本不吃，之后都扔了。还有人对医生开药的剂量不理解。医保制度规范下医生开药的药量是受限制的，一般急性病只能开三天的药，慢性病只能开七天的药。而有的患者挂个号就费了很大的功夫，等了半个月，医生却只给他开了几天的药，病人就觉得心里没底，不平衡。我们医生必须遵守相关的政策规定，特别是安眠药更是限购限量的。

王 蒙 还有一种病人不说病情，他觉得好大夫不用告诉他病情他就能看出来。有些话他认为说了以后就无法考验这个医生的水平，甚至会挖个坑让医生往里跳。这次的医生掉进了他的圈套，下次他找另外的医生接着挖坑。所以谈到疾病的时候，确实需要提高我们的文化素质。当然，任何医学都不能解决人类的一切问题，也许你碰到的医生确实没有给你找到最好的办法，可是你如果自己再不抱着合作和努力的态度，就是您自己让这事往最坏的方向发展了。

郭兮恒 虽然我是西医院校毕业的，但我中医考得很好，在大学的中医考试成绩是 99 分，而且我在临床工作当中，也善用中医的方法治疗失眠病人。中医强调的是望闻问切、辨证论治，而有些所谓的中医就有点玄。我讲一个例子：有一次我们跟着旅行团出去玩，旅行团就把我们带到当地的一个中医药店里去了，要求每个人都要经老中医诊脉。我们都在排队，看着药店里的老中医把手往每个人的脉上一搭，也不问您什么症状，就说得了什么什么病。等到快排到我的时候，我就装作不太舒服的样子。其实这个大夫在给别人看病的时候，也在观察其他人，他观察到了我的一系列小动作。排到我了，坐下后我就没有再接着做表现不舒服的动作。他也不问我，给我把一会儿脉，直接说："小伙子，你呢，酒喝得太多、烟抽得太凶了，肾亏！"其实我根本不抽烟，也不喝酒，然后他就给我讲我得吃什么药调理。实际上他完全可以问我哪里不舒服，完全没必要猜我喝不喝酒，抽不抽烟。

我想跟大家说，在就医的时候，你要主动地去跟医生沟通症状，医生也要详细问一问病人的病情。中医讲究的"望闻问切"就是这个道理，这里说的"问"很重要。

王　蒙

中医对睡眠的说法跟西医不完全一样，但是它也有些可爱的地方。比如它认为枣能安神，枣的气味、吃枣的感觉，都有安神作用。这个我就很认同，为什么？首先我并不反感这种说法，而且我也不认为它有多少副作用。晚上临睡觉前，吃十颗二十颗枣也没什么大问题，也撑不到哪儿去，也不会引起太大的副作用。我觉得挺符合我的口味。有些人本身就喜欢中医的这套理论，他去开一点中药来改善睡眠，我认为这也是合理的。

郭兮恒

您说的枣具有安神作用，确切地说是枣仁具有安神作用，也并不是所有的枣仁都可以安神，只有酸枣的枣仁才具有安神作用。那么，怎么把枣仁取出来，取出来之后是直接食用还是加工之后再服用，如何加工，如何服用，这在人们日常生活中都是一个问题，就要依靠博大精深的中医文化了。

除了酸枣仁具有安神作用以外，朱砂同样有安神作用，但您知道朱砂中还包含什么成分吗？

朱砂中是含汞的。我们都知道汞是有毒的，对人体具有潜在的危害。所以服用中药的时候千万要注意，不要以为吃中药是绝对安全的，一定要科学服用。

中医治疗睡眠也是有一套理论方法的，无论从理论到药物还是最后的效果。中医有很多解决睡眠的办法。我在临床工作当中也常使用中成药。有睡眠障碍的病人很容易受心理暗示。我给病人开药的时候会问他们愿意吃中药还是愿意吃西药——当然中药也是需要辨证论治的，最终得要解决问题。如果病人从内心里接受中药，在这个前提下，给病人用中药的效果往往比较好。

有一次在电视台做睡眠节目，节目组请了我和一位中医专家。这位中医专家讲关于睡眠的中医理论：白天是阳，黑天是阴；前半夜是阴中之阳，后半夜是阴中之阴；白天的上午是阳中之阳，下午是阳中之阴……也说到了睡子午觉等理论。我主要是讲西医的睡眠理论，有关浅睡眠、深睡眠、如何治疗失眠，等等。节目做得不错。结束以后，这位老中医却私下过来找我："郭医生，你能不能帮我解决一下我的睡眠问题？"我说："您刚才讲得那么好，怎么会睡不好呢？"他对我说："有些中医理论讲的是很好的，但如何应用还是因人而异，有些病例还是比较顽固的。"我也很同意他的观点。我认为因人而异、辨证论治、中西医结合，可能会获得最佳治疗效果，我相信祖国医学的博大精深是治疗睡眠障碍的宝贵资源。

有些患者对于中药和西药的态度截然相反。他们认为西药有副作用，中药没有副作用；中医是有病治病，无病防病。这就走进了认识误区。中医也讲究是药三分毒。服用中药可以扶正祛邪，但长期服用也是具有潜在风险的。服用中药也要有适应症，也要注意观察用药者的肝肾功能。

我曾经遇到一对夫妻常年服用中药"调理"，不愿意接受停药的建议……

王　蒙

他们的意思就是跟吃安眠药似的，你睡觉不

好可以吃，睡觉好也可以吃。

郭兮恒　是的，我还要强调：聪明的患者要会利用医生的智慧治疗自身疾病。医生和患者是一个战壕的战友，需要一起战胜共同的敌人——睡眠疾病。所以在治病过程中，要认真思考睡眠医生的建议，要相信科学。

王　蒙　从生理学、心理学、医学几个不同的角度，郭老师对于睡眠的单核阐述是清晰与全面的。您讲的睡眠的各项功能太重要了。我还想说的是，睡得好是一件很幸福的事。现代化、全面小康社会的建设，会让各种社会竞争压力增强，但也能促进人格完善与坚强，提供更好的物质条件与精神条件来改善人们的睡眠质量，提高人们对于睡眠的欣赏度与满意度。想想看，充实、辛劳、有意义的一天过去了，美好与健康的晚上来临了，你能够在你喜欢与习惯的时间躺下，躺到相当舒服的床榻上，你可以享受土炕、板床、席梦思等，在适宜的温度与湿度下，安全放心地悠然入睡，可以做个小梦或者直接进入黑甜之乡，你会享受到酣睡带来的全身的满足感、健康感、舒适感与幸福感，这种睡好的幸福比金钱、地位甚至许多实利更重要。睡得好还与家庭的和美有关，至少是无恙，至少是无灾无祸无罪孽的自信自足。这才叫作享受生活啊！这才叫作天官赐福啊！这才叫作其乐何如啊！

睡眠是人类的福气

王　蒙

其实，每个人睡觉的情况是有波动有变化的，任何人，有辛苦的时候，也有闲散的时候；有亢奋的时候，也有疲软的时候；有快乐的时候，也有不自在的时候；有春风得意的时候，也有自思自叹感觉窝囊的时候。从外部条件来说，衣食住行、季节气候、卧室设备与自然环境等各方面，都不一样，自身、生理、心理、年龄……都有变化，岁月不居，时节如流嘛。所以有时睡得好些，有时睡得差些，不足为奇，变化波动，都属正常。

拿我个人来说，睡不好有几种情况：一种是

饮食上出了毛病，含咖啡因的东西摄入太多了，引起了消化的不适；一种是写作上过于兴奋，过于自赏自恋了；一种是与家人、亲人、友人略有芥蒂了；还有一种情况是一天相对过得太轻松了，不累，不乏，空空如也，天黑了也没有想睡的感觉。一切过好、过差、过劳、过闲、过紧、过松，都会使睡眠不理想。

怎么办？不用办。睡得好不等于天天都睡得多，睡得深，睡得完整。世界、人生、睡眠都是辩证的。今天没有睡好，正好为次日好好睡一大觉做了准备。今天辗转反侧，正好为明天的酣睡黑甜乡做了准备。为睡眠而焦虑，是绝对不必要的，更是要不得的。

各位读者，从现在开始，您想开了，多睡少睡都是睡，睡浅睡深都得歇，太好了也就不可能更好，太差了更是不可能更差。道法自然，睡是本能，不怕劳累，不怕辛苦，不怕受累的人，难道还会怕躺下好好来一觉吗？即使你已经自以为好几夜没有睡好了，仍然应该满足能够静仰静躺眯着歇着的福。

睡觉者们，你们可不能身在福中不知福啊！

睡眠是人类的一种福气，除了人类，哪种动物能有这样好的睡眠条件、睡眠设备、睡眠习惯？还有什么东西能睡得这样完整这样舒心这样科学这样文化！睡眠者有多牛，多幸福，多舒服！睡眠有自己的功夫的，睡眠之功在自然，在安然，在心胸开阔，在随遇而安，睡眠功夫就是静心、心斋、心平、气和、凭性、随心、放心、舒心、坦荡荡、明光光。学而时习之，不亦说乎？有朋自远方来，不亦乐乎？日出而作，日入而息，一切自然而然，能睡自然而然睡，不睡自然而然起，睡好了好好工作，没睡好仍然好好工作并且下次睡好，不亦得其所哉乎！

睡觉，是生命现象的一部分，是生活内容的一部分，我们热爱生活，就要学会享受睡眠，好好睡觉！

睡眠学的建立与研究刍议

王 蒙

我们平常讲维持生命生活最原始的诸事,有个说法:"吃喝拉撒睡",吃喝拉撒都算消化系统,有物可见、可感觉、可观察;睡呢,属于心理、精神、神经系统的事,相对抽象一些,难以管控一些。

我想到了医疗社会学的说法,我觉得我们应该发展和研究睡眠社会学、睡眠生理学、睡眠心理学、睡眠病理学、睡眠药学,等等。

尤其是睡眠社会学,其中应该包括睡眠与社会状况——政治环境、民族属性、风俗习惯、地域特点、文化传统、经济发展、国民经济生活水平、城乡差别、职业差别，等等，还包括睡眠与生活状态——智力、教育、文化、信仰、价值观念、婚姻家庭处境、性格、人际关系、心理素质，等等。

通过睡眠学的建立与发展，逐步建设人对于睡眠的可知、可感、可测量、可分析、可把握、可管控的状态，对于睡眠的了解与管理，从必然王国走向自由王国。

快速入眠小妙招

▶ 4-7-8 呼吸法

第一步：将舌尖放置在上颚、上齿的后面，并保持在那个位置；

第二步：嘴里气体全部呼出后闭上嘴巴，用鼻子吸气，在心中数 4 个数；

第三步：停止吸气，屏住呼吸，在心中数 7 个数；

第四步：用嘴缓缓呼气，同时心中数 8 个数；

第五步：将以上步骤重复 4—6 次，能让人逐渐进入梦乡。

▶ 2分钟快速入睡法

第一步：面朝上躺平，放松脸部肌肉，包括舌头、下巴以及眼部周围的肌肉；

第二步：肩膀尽量放低，接着放松上手臂和下手臂，再放松手背、手掌直到手指；

第三步：深吸一口气，然后慢慢呼气，放松胸部和背部肌肉；

第四步：从大腿开始，逐渐放松到小腿、脚踝和脚趾，想象腿部肌肉变得无力；

第五步：清空大脑，想象自己躺在一个舒适的环境中，比如漆黑的房间或平静的水面上，保持这个画面超过10秒，可渐渐进入睡眠状态。

▶ 身体扫描法

第一步：躺下后闭上眼睛，想象有一台扫描机正在对着你的全身扫描；

第二步：想象着扫描机依次扫描过自己的头部、脸庞、眼睛、下巴、脖子、双手、肩膀、胸前、背部、腹部、臀部、大腿、小腿……

第三步：重复进行多次全身扫描，同时搭配深呼吸和渐渐放松，很快就能进入睡眠模式。

▶ **先紧后松法**

第一步：紧皱眉头、紧闭双眼，保持10秒后放松；

第二步：肩膀、手臂紧绷，用力攥拳，10秒钟后放松；

第三步：用力收腹，保持10秒后放松；

第四步：双腿并拢，紧绷大腿和臀部，脚趾向下弯曲绷直，保持10秒后放松。

后　记

王　蒙

　　睡不好觉,被失眠二字纠缠得难分难解,瞪着冒火星的眼睛却又恐慌萎靡压抑,这里边有生理、病理的原因,有生活方式的原因,有环境的原因,但是很可能也有自己心理、性格、观念方面的原因。

　　对不起,我们得承认,睡不好的人心理不够健康,不够坚强,不够开朗,缺少拿得起放得下的大度,缺少能屈能伸的自主以及胜得起也败得起的皮实劲儿,缺乏自我调整、自我控制、自我适应的能力。说明您可能多少有点小心眼,有点神经末梢的敏感与脆弱,有点嘀嘀咕咕,有点……对不起,说不定是无事生非,是没事找事,是爱翻饼烙饼,是自寻烦恼,说不定哆里哆嗦，您气量有待改善，脾气有待改善，性子有待改善，自苦有待改善。

人应该皮实点儿，什么叫皮实？就是侯宝林相声《卖布头》里说的广告词：

> 禁铺又禁盖，
> 禁洗又禁晒，
> 禁拉又禁拽，
> 禁蹬又禁踹。

反过来说，一个人在任何好的或相当不好的处境中，别人认为您吃亏倒霉的情况里，您照样能吃能睡有说有笑，您是很难一败涂地的，您多半是常胜将军。

精神方面、神经方面、意志方面，人很难被外力推倒，而多半是自己精神的衰弱、灰暗、颤抖、忽冷忽热，最后造成自身的崩溃的。

中国的古圣先贤，尤其是儒家元老，都喜欢讲一个"反求诸己"，就是说，遇到倒霉吃亏不舒服不高兴之事，先从自己身上找原因，先从自己身上想办法，先从自己身上求改善,而绝对不怨天尤人、一肚子晦气。健康快乐大气磅礴的人,谁不是该吃就吃,想睡就睡,睡不着就睡不着,睡不着起来干活、读书、会亲友、找乐,然后再睡呗,有什么了不起?

您睡不好?太好了,这说明亲爱的朋友您大有改善自己的精神品质、精神架构、精神功能的空间,您还大有学习进步、调整端正、平衡把握的余地,您一定,您必须茁壮成长,欣欣向荣。你需要变成一个更大方、更坦率、更勇敢、更强大、更战无不胜的好孩子、好青年、好兄弟、好姊妹、好老爷子……这样的人能有更好的生活质量、三观质量、性格品位、亲友关系,岂止是睡觉,人生的全面幸福属于您。

我们还可以想得更轻松,不是从儒家,从德行,从世界观、人生观、价值观,从格局和境界上下功夫,而是从道家,从道法自然,从无为而治的方向努力。人要生下来,要让大自然"载我以形,劳我以生,佚我以老,息我以死"。从大自然下载了体形,为生活奔波劳碌,老迈后得到安逸,死亡正是休息。这一切都是自然的规律,一切都并不需要你焦虑操心,睡好睡不好,其实没有啥。今天睡不好应该就是明天或者后天好好睡的预备。一年没睡太好,应该就是第二年呼呼呼地大睡的准备。诸葛亮躬耕南阳,刘备三顾茅庐,第三回来到时，诸葛亮正睡午觉，越睡越不醒，闹得张飞发火，被大哥刘玄德按住，诸葛孔明一醒，先来四句定场诗：

  大梦谁先觉？
  平生我自知。
  草堂春睡足，
  窗外日迟迟。

  而庄子的说法是："方其梦也，不知其梦也。梦之中又占其梦焉，觉而后知其梦也。且有大觉而后知此其大梦也。"就是说，真做起梦来，你并不知道你在做梦，闹不好，你是梦中梦到自己做更深一级的梦……同样，你睡着了，你上哪儿知道你睡成啥样了呢？睡得不太舒服，睡得不顺心的结果是感觉自己，甚至是梦到自己失眠没有睡好，失眠原来是做梦，是犯傻，是吃多了撑出来的，这不是也完全可能的吗？醒就是醒，梦就是梦，这是一种可能，真正醒的时候就是不做梦的时候，不做梦你又有什么无梦啊、失眠啊、醒着啊之类的计较呢？做了梦了，说明你不够清醒，你不清醒的时候如何能判断清晰你当真做梦还是仅仅梦见做梦了呢？如果是梦见做梦,又如何衡量判定你的清醒不具有梦的因素乃至梦的实质呢?

这里边庄子有浮生若梦的消极谬论,暂不置评。但是把睡与醒、失眠与酣睡、睡深睡浅、睡了5小时还是8小时之类的事情看得淡些、随便些,我们可以做到,我们必须做到。世界上没有听说过任何一只动物发愁睡觉,人多了点儿灵气,千万别自己折腾倒腾翻腾闹腾。

我们也要学诸葛亮,当军师当不成,鞠躬尽瘁也有距离,条件允许时睡睡大觉,难道也做不到吗?

从睡不好到像拿破仑一样能睡,朋友,你的前景不得了!

修订版后记

王　蒙

　　与专家郭老师关于睡眠的对谈小书问世 6 年了，有些反应评论令人高兴。著名媒体人窦文涛先生说，他一向有睡眠障碍的问题，看着本书，沙发上一倒，一下子睡了两个钟头。北戴河的一位基层领导，说是原来工作生活压力不小，睡不踏实，读到此书后管用，睡得好了。另一位临时工服务员，因为家庭的某些歧见动不动睡不着，也是看此书后获益了。

　　我越来越体会到睡眠的质量，离不开总体的精神状态，而精神状态，离不开个人的处境、遭遇、面对的现实，更离不开一个人自己的素质、修养、应对能力、应变能力、调整适应能力、包容消化能力、爱心、同情心、同理心和咬紧牙关成一笑的慷慨大方。

睡不好觉的人往往一个是敏感，一个是憋闷，一个是心慌心乱，一个是疑心重，俗话叫"吃心"，还有就是对灾难的预感乃至等待。

其实一家一本难念的经，一人有一人的不容易。活得太轻松顺当，因人成事的人生等于没有人生，等于没有认真活过一辈子。人生的意义、人生的骄傲、人生的价值离不开对困难的克服，对难题的最佳应对，对制造麻烦的一切混乱的从容理顺。好比体育竞赛，在艰难中取胜才是真正的成功。

而且成功是各式各样的，9比0是成功，9比8也是成功，在实力悬殊的情况下，2比9失利对于你来说，也得来不易，也是成功。

失败是成功之母。所有的挫折，都通向改革、改善、改良、改好，一步一个脚印地前进。

做一个干干净净的人，不做一肚子酸水坏水的人。做一个坦坦荡荡的人，不嘀嘀咕咕。讨厌某某的毛病的时候同时也可以心生怜悯帮助他，但是最不能允许的是嫉妒任何人。

睡不好觉常常是犯酸，犯小心眼，犯呆犯傻，是您的心理状态，不妨提供给郭德纲逗哏。现在网上叫梗。想想你一天出了多少梗，想想你能不能在哪怕只是自家的小春晚上就自个儿说个单口，瞧瞧，您的一笑丢开了多少小气酸楚、扭扭捏捏，还有自我较劲、治气。

人生一世，要做一个勇敢的人、光明的人、努力干的人，做想得开与装得下的人，做赢得起也输得起的人。对这样的人，挫折是长劲，困难是练功，对头是玩家，失败是跃起的跳板，不利的说法是学习成长的阶梯，爱学习所以从来不孤独不寂寞不空虚，委屈窝囊是扩容的功夫。一两宵没睡好觉，是准备次日足歇巨眠美梦福气。一两次睡不好觉，是给你的一种游戏的机会，可以自我欣赏，可以转新词外语，可以唱学会了的与没学会的歌，可以畅想你喜欢过的一切人物事风景吃食电影电视演出。

睡好睡不好也不是绝对的。一次大睡特睡，睡过了劲儿，当晚就会睡得差些。一晚上没睡好，是为下一次更深度的好睡做准备。

睡觉有各种部分结构与层次。上初中的时候，一觉睡到大天亮，同时在睡眠中做出了头一晚上没有做出的几何证明题。或者睡觉不差，但睡出了小说的故事核心，说明虽然五官睡了，但心脏与呼吸没有大睡，大脑还可以进行部分操作。

动辄认为自己睡不好的人，可能是小心眼子，一丢丢不服不甘不快的情绪硬是平静不来。你加油为心地扩容呢，会活得吃得干得睡得舒服得多。

睡觉是有规范的，但也并非铁律。网络信息告诉我，九十岁满了，每天最好睡6小时，睡多了容易痴呆化，睡少了容易气血亏。我的生活方式是，大部分每天睡眠超过7小时。我不发愁患阿尔茨海默病，因为我一没有停止甚至减少写作，二没有少发言、受访、讨论、讲课。我视力、听力、咀嚼力、消化力、肌肉力都有衰退，恰恰是写作、讲话等用脑方面，暂时还没有衰老的征兆。

还有，我的睡眠状态是，一天用脑多，写作讲话多，随时会打盹儿，夜里也就睡得沉，睡得多与长。一天观赏嬉戏，不用脑，晚上睡四五个小时以后，硬是睡不着了，尤其是夏天，我喜欢晨起健身小跑，常常会有凌晨4点钟左右起床的状况。起得太早，就小跑或散步，回来吃完早点，沙发上一靠，立即补一个回笼觉。

有人说老人不要随时打盹儿，否则睡不好整觉长觉，对，这是对的，但也非绝对。各种原因下，尽量控制自己，减少小觉，增加大觉，我觉得可以适当掌握，顺其自然。

冬天就不这样了，睡不着时可以体验闭目养神之乐，思绪渐渐放松，进入漂浮状态，进入完全"无政府""无目标""无计划"状态，舒舒服服，随随便便，自自由由，轻轻松松，转眼又是一觉。新一天开始了，要学习，要读报，要听新闻，要好好生活，更要坚持好好干活儿、出活儿。多么快乐，多么充实，多么幸福！

图书在版编目（CIP）数据

睡好的福分 / 王蒙，郭兮恒著. -- 武汉：长江文艺出版社，2025.8. -- ISBN 978-7-5702-4134-7

I. I267.1

中国国家版本馆CIP数据核字第2025Z7N835号

睡好的福分
SHUIHAO DE FUFEN

王蒙　郭兮恒　著

选题产品策划生产机构｜北京长江新世纪文化传媒有限公司
总 策 划｜金丽红　黎　波
责任编辑｜张　维　　　　装帧设计｜郭　璐　　　　责任印制｜张志杰　王会利
助理编辑｜张金红　　　　内文制作｜张景莹　　　　版权代理｜何　红
法律顾问｜梁　飞　　　　媒体运营｜刘　冲　刘　峥　洪振宇
总 发 行｜北京长江新世纪文化传媒有限公司
电　　话｜010-58678881　　　　　　　　　传　　真｜010-58677346
地　　址｜北京市朝阳区曙光西里甲6号时间国际大厦A座1905室　邮　编｜100028

出　　版｜长江出版传媒　长江文艺出版社
地　　址｜湖北省武汉市雄楚大街268号湖北出版文化城B座8-9楼　邮　编｜430070
印　　刷｜天津盛辉印刷有限公司
开　　本｜880毫米×1230毫米　1/32　　　　　印　张｜8
版　　次｜2025年8月第1版　　　　　　　　　印　次｜2025年8月第1次印刷
字　　数｜108千字
定　　价｜59.80元

盗版必究（举报电话：010-58678881）
（图书如出现印装质量问题，请与选题产品策划生产机构联系调换）